KÖLN KRIMI

7

im Emons Verlag Köln
herausgegeben von Thomas Maier

Peter Meisenberg, geboren 1948. Studium der Geschichte, Philosophie und Germanistik in Köln. Lebt in Köln als freier Autor. Schreibt Erzählungen, Essays, Hörfunkdokumentationen, Drehbücher, macht Dokumentarfilme. Von ihm sind im Emons-Verlag *Freitags kommt der Klüttenmann* und *Geh mal zur Seite, Kleiner* erschienen.

Peter Meisenberg

Schmahl

Emons Verlag Köln

Idee: Hejo Emons
Lektorat: Christel Steinmetz
Umschlaggestaltung: Atelier Schaller, Köln
Umschlagzeichnung: Herbert Stragholz
Umschlaglithografie: Klaus Iller GmbH, Köln
Satzerstellung mit WordPerfect Textverarbeitung
Satzbelichtung: Knipp Textverarbeitungen, Wetter
Druck und Bindung: Ueberreuter Buchproduktion, Korneuburg
Printed in Austria 1991

ISBN 3-924491-31-3

Für Katharina

1.

Der zahlt mit Karte!

Dieses Spiel spielte Horst oft: Kunden-Checken. Meistens checkte er das, was sie auszugeben bereit waren. Maximum sechshundert. Schlechter Kunde. Minimum achthundert. Mittelprächtig. Gute Kunden kamen nicht oft in den Laden. Wenn, dann waren es Jungen aus dem Leben. Die legten Maximum ein Kilo für eine Lederjacke hin. Und zahlten bar.

Der zahlt nicht bar! Horst schloß Wetten mit sich selbst ab bei diesem Spiel. Gewann er, gönnte er sich statt Spaghetti ein Saltimbocca oder ein Pizzaiola-Schnitzel. Und Horst gewann meistens. Horst hielt sich für einen Menschenkenner.

Der Typ fuhr mit dem ausgestreckten Zeigefinger an der Reihe mit den schwarzen Nappajacken entlang. Jetzt war er an den Ziegenlederjacken. Rieb das feine Material zwischen den Fingern. Kurzer Blick zu Horst und der Kasse. Horst zögerte noch mit seinem «Kann ich Ihnen behilflich sein?» Erstens wollte er den Kunden in Ruhe checken können. Und zweitens sollte der Kunde Zeit haben, sich im Laden zu orientieren. Die meisten schreckt ein übereifriger Verkäufer ab. Horst hielt sich für einen Top-Verkäufer. Weil er eben Menschenkenner war.

Der Typ hatte nur ganz kurz zu Horst hinübergeblickt, ohne ihn richtig anzusehen. Er hatte Horst jetzt den Rücken zugewandt und befühlte einen dicken Rindslederblouson. Sechzehnhundert Mark. Der Typ hat Wildlederstiefel an. Maximal zweihundertfünfzig Mark kosten die. Okay, kann man tragen. Jeans und braune Lederjacke. Kann man tragen, wenn man's cool trägt. Aber ist der hier cool? Die braunen Haare sind ein Tick zu kurz, müßten mindestens bis über'n Kragen gehen, Gesichtsfarbe zu blaß, nie im Leben 'ne Sonnenbank gesehen. Der ist keiner. Der probiert's, aber hat es höchstens zu fünfzig Prozent drauf. Maximal fünfhundert spuckt der aus, dachte Horst, als der Typ den sechzehnhundert-Mark-Blouson auf die Theke klatschte.

«Den nehme ich.»

«Möchten Sie ihn nicht anprobieren?»

«Ist meine Größe.»

«Ich meine, die fallen etwas unterschiedlich aus. Vielleicht, daß die Ärmel ...»

Der Typ sah Horst in die Augen.

«Wir tauschen in der Regel nicht um», sagte Horst.

Der Typ versuchte noch nicht einmal ein Lächeln.

«Gut.»

Horst zog eine Papiertasche unter dem Ladentisch heraus.

«Wie zahlen Sie?»

Der Typ hatte das Portemonnaie schon in der Hand, klappte die Kreditkartenlasche auf, zog die VISA-Karte heraus.

«VISA?»

«Selbstverständlich. Aber bei dem Betrag muß ich nachfragen.»

Der Typ zuckte mit den Schultern. Horst zog das Blatt mit den Telefonnummern unter der Kasse hervor und griff zum Telefonhörer.

«Das ist doch nicht Ihr Ernst.»

«Wie meinen Sie?»

«Sie brauchen sich die Mühe nicht zu machen. Das Ding ist okay.»

Der Typ sagte das absolut lässig. Der stimmte nicht. Horst versprach sich ein Valdostana-Schnitzel und Spaghetti mit Steinpilzsoße, tippte die Frankfurter Vorwahl ein.

«Ab tausend Mark bin ich gehalten, nachzufragen. Tut mir leid.»

«Ist okay.» Der Typ zog die VISA-Karte über den Ladentisch zu sich und steckte sie zurück ins Portemonnaie. Horst tippte die letzte Zahl der Telefonnummer.

«Das dauert doch bloß eine halbe Minute!» Eigentlich müßte er sich statt zum *Bepi* ins *Hyatt* einladen. Mit dem lag er nicht hundert-, mit dem lag er tausendprozentig richtig.

«Aber lassen Sie bitte die Jacke hier!»

Das schrie Horst. Der Typ war fast schon an der Tür, den Blouson überm Arm. Horst ließ den Hörer los. Drei, vier Schritte waren es von der Kasse bis zur Tür. Der dritte Schritt sollte ein Hechtsprung werden. Horst merkte zu spät, daß der Typ sich vor der Tür noch einmal umgedreht hatte. Der Blouson hing über seinem linken Arm. Die rechte Gerade sah Horst nicht. Er sah gar nichts mehr. Er spürte nur noch, wie sein Nasenbein zersplitterte.

2.

Gegen drei Uhr morgens wurde der Laden allmählich voll. Schmahl stand seit einer Stunde an der Theke. Er studierte die Aufschriften auf den Bierdosen hinter den Glastüren der Kühlschränke, rauchte und trank Budweiser. Aus der Dose. Im *Sixpack* gab es alles aus der Dose.

«Coors!» sagte einer, der sich neben Schmahl zur Theke durchgezwängt hatte. Der Barmann reagierte nicht.

«Eh! Coors! Haste Coors?»

Der Kleine versuchte einen amerikanischen Akzent. Dehnte die beiden *o* und sackte beim letzten o-Hauch ins Gutturale. Widerlich.

«Hab ich nicht», sagte der Barmann im Vorübergehen, öffnete den Eisschrank und zog zwei Dosen Cola-Bourbon heraus.

«Millers! Haste Millers?»

«Auch nicht.»

«Scheiße. Haste Schlitz?»

Immer dieser widerlich gedehnte amerikanische Akzent. Schmahl warf seine Kippe zu den zwanzigtausend anderen auf den Boden und schlug eine neue Reval aus der Packung. Der Barmann hatte sich jetzt vor dem mit dem quäkenden Akzent aufgebaut und fixierte ihn.

«Nein. Kein Schlitz!»

«Sonst 'ne amerikanische Sorte?»

«Kein amerikanisches Bier.»

«Überhaupt keins?»

«Sag ich doch.»

Der Kleine schien nachzudenken. Der Barmann signalisierte, daß er nur noch den Bruchteil einer Sekunde bereit war, die Bestellung abzuwarten. Dann hatte der Kleine eine Erleuchtung.

«Dos Equis!»

Das kam heraus, als hätte er die Energieformel Einsteins gefunden. Der Barmann würdigte ihn eines letzten, mitleidigen Blickes und drehte ab.

«Okay. Nehm ich ein Früh.»

Der Barmann brachte es ihm. Schmahl hörte, wie er die Dose aufriß.

«Eh! Dich kenn ich doch!» hörte er die quäkende Stimme.

Schmahl drehte leicht den Kopf zur Seite. Es war der Lederjackenverkäufer. Mit einem weißen Häubchen auf der Nase, fein säuberlich mit Leukoplast verklebt. Schmahl sah wieder nach vorne.

«Doch eh! Du warst das! Hundert Prozent, eh!»

Schmahl ließ die Kippe fallen und trank an seinem Bud.

«Ich könnte dich anzeigen, Mann eh, weißte das?»

«Zahlen», sagte Schmahl zum Barmann.

«Eh! Weißte, daß ich dich hier verhaften lassen könnte! Sofort? Auf der Stelle?»

Schmahl gab zwei Mark Trinkgeld und trank die Dose leer.

«Eh Mann! Warte doch! Ich tu's nicht. Ich zeig dich nicht an, garantiert!»

Schmahl schob sich durch die vier Reihen, die zur Theke hin drängten.

«Eh Mann! Warte doch! Ich komm mit.»

Der Lederjackenverkäufer drängte sich vor Schmahl durch die Tür. Er trug keine Lederjacke. Jeans. Schwarze Lackslipper. Und einen Bomber-Blouson aus Satin. *When I die I'll go to heaven, cause when I lived I was into hell.* Rot auf Schwarz stand das auf dem Rücken der Jacke. Darunter eine gelbe Landkarte von Vietnam.

3.

Schmahl bestellte Rühreier mit Schinken und Toast. Horst auch. Horst war einfach nicht loszuwerden. *Roxy – Moulin Rouge* – nochmals *Roxy*. Im *Moulin Rouge* hatte Schmahl angeboten, ihm noch eins auf die Nase zu geben. Der Kleine war nicht zu beeindrucken. Danach ließ Schmahl ihn gewähren. Und Horst quasselte wie ein Wasserfall auf ihn ein.

«Lebste davon?»

«Teils, teils.»

«Und die Kreditkarten, wo haste die her?»

«Immer die gleiche Quelle.»

«Also geklaut.»

Warum sollte er dem Blödmann das nicht erzählen? Vielleicht ließ er ihn dann endlich in Ruhe. Konnte ihm nichts. Keine Zeugen. Der Typ war 'ne Null.

«Also du kaufst die geklauten Kreditkarten. Für wieviel?»

«Ein Schein.»

«Und die Klamotten? Was machst du mit den Klamotten?»

«Gehen an die gleiche Quelle.»

«Wieviel Prozent?»

«Prozent?»

«Ja. Wieviel geben sie dir für die Lederjacke?»

«Vier Scheine.»

«Vier Scheine! Das ist doch lächerlich! Das Ding ist sechzehnhundert Mark wert!»

«Nein. Ist es nicht.»

«Ist es doch!»

«Das steht auf deinem beschissenen Preisschild. Das kostet es, das ist es aber nicht wert.»

«Ist nicht mein Laden.»

«Ist doch egal.»

«Auf jeden Fall ein mieser Job. Und riskant.»

«Du meinst, wenn du dir hinter deiner Kasse 'ne Arthritis in den Knien holst, das wär kein mieser Job?»

«Aber nicht riskant.»

«Ist nicht riskant, was ich mache. Überhaupt nicht.»

«Und was ist mit mir? Erstens hab ich sofort gewußt, was abgeht, als du in den Laden kamst. Zweitens hab ich dich wiedererkannt. Wenn ich's nicht wäre: 'ne Anzeige, und du wärst dran.»

Schmahl lud Schinken nach, schaufelte Rührei darüber.

«Ich glaube, du bist ein Blödmann.»

Sie aßen eine Weile schweigend. Horst kaute langsam. Überlegte dabei.

«Liest du eigentlich Krimis?»

«Nein.»

«Dashiell Hammet? Raymond Chandler? Robert B. Parker? James Ellroy?»

Schmahl goß Kaffee nach.

«Sagt dir alles nichts?»

«Sag ich doch.»

«Elmore Leonard?»

«Geh mir nicht auf die Nüsse!»

«Elmore ist der Beste!»

Schmahl trank die Tasse aus und schob sie von sich.

«Ist ja gut. Brauchst du nicht zu kennen. Ist überhaupt nicht wichtig. Aber folgendes: dieser Elmore Leonard hat 'nen Krimi geschrieben, *Dies ist ein Überfall*. Super! Absolut super!»

«Du nervst. Ich gehe jetzt.»

«Paß auf! Moment noch. In dem Krimi machen zwei Typen bewaffnete Raubüberfälle. Perfekt! Absolut perfekt! Die fallen nie auf. Keine Probleme. Nie. Und weißt du wieso?»

Schmahl schaute sich nach dem Kellner um.

«Weil die sich an die Regeln halten. Zehn Regeln. Die halten sie ein. Und die Regeln sind das Geheimnis. Der Schlüssel zum Erfolg.»

«Was für 'ne Personenbeschreibung hast du eigentlich den Bullen gegeben? Ich meine von mir.»

«Wieso?»

«Spuck's aus, Blödmann!»

«Damit kann dich kein Mensch identifizieren: einsachtzig, schmal, blasse Gesichtsfarbe, brünett und so weiter.»

«Was und so weiter?»

«Sag ich doch: damit kann dich kein Aas identifizieren. So sehen tausend Typen in Köln aus. Hätt ich doch sowieso nichts von, wenn ich dich verpfeife. Meinst du, ich wär blöd, Mann?»

Schmahl zuckte mit den Schultern.

«Nee, Mann eh. Du bist genau der Richtige!»

«Der Richtige, aha!»

«Ja, genau. Wieso meinst du, erzähl ich dir das mit den zehn Regeln? Weil du das Ding in meinem Laden supercool abgezogen hast, Mann. Deshalb.»

«Ich denke, das ist nicht dein Laden.»

«Ist doch wohl egal.»

«Ist es dein Laden?»

«Nein, Mann. Wenn der Laden mir wäre, hätte ich wohl kaum die Idee mit den Raubüberfällen.»

«Du? Raubüberfälle?»

«Paß auf!» Horst zog aus der Innentasche seiner Bomberjacke eine Brieftasche und entnahm ihr ein Blatt Papier, das er umständlich und vorsichtig auffaltete, als handele es sich um ein kostbares Dokument. Der Kellner war nicht in Sicht. Schmahl lehnte sich zurück. Er war müde. Der Blödmann langweilte ihn. Er wollte ins Bett.

«Die Typen in dem Krimi haben sich genau an die zehn Regeln gehalten. Hab ich hier aufgeschrieben.»

«*Du* willst 'nen Raubüberfall durchziehen?»

«Nicht *einen*! Viele! Davon kann man leben, Mann!»

«Hast du dich schon mal genauer im Spiegel beguckt?»

«Du kennst mich nicht. Du vertust dich, Mann.»

Schmahl winkte dem Kellner.

«Du mußt dir das noch anhören, Mann, bevor du gehst.»

«Muß ich?» Schmahl bezahlte.

«Sie auch?» wandte sich der Kellner an Horst.

«Nein, ich nehm jetzt noch ein Kölsch.»

Der Kellner verschwand. Schmahl stand auf.

«Hör dir das doch noch an, Mann!»

«Nein.»

«Dann nimm es dir mit, lies es!»

Schmahl ging auf den Ausgang zu. Horst holte ihn ein, wedelte mit dem Blatt.

«Steck es ein. Das ist *die* Idee!» Horst stand vor Schmahl, blokkierte ihm den Weg.

«Du kannst dir gar nicht vorstellen, wie du mir auf den Keks gehst!»

Schmahl nahm das Papier, steckte es ohne zu falten in die Tasche seiner Jeans und streckte den linken Arm nach Horst aus. Horst hob schützend eine Hand vor seine bandagierte Nase. Schmahl schob ihn bloß zur Seite.

«Mich findest du jeden Abend im *Fitness-Treff* auf der Sömmeringstraße.» Horsts Stimme überschlug sich. «Da können wir drüber reden, wenn du's gelesen hast. Ich hab nämlich schon einen hundertprozentigen Plan!»

Schmahl drückte die Tür auf, ohne sich umzublicken.

4.

Nachmittags um zwei wachte Schmahl auf. Er hatte in den Kleidern geschlafen. Der schale Kneipengeruch trieb ihn aus dem Bett und unter die Dusche. Das Einzimmerappartement mit Bad und eingebauter Kochnische war aufgeräumt wie ein Bundeswehrspind vor dem Morgenappell. Und ebenso kahl. Ein Bett. Ein Kleiderschrank, auf dem ein altes Radio verstaubte. Neben dem Bett ein niedriger Couchtisch. Keine Stühle, Sessel, keine Couch, kein Telefon, kein Fernsehgerät. Noch nicht einmal Bilder oder Fotos an den Wänden. Nur neben der Eingangstür war mit einem Heftzweck ein verblaßtes Polaroid angepinnt, auf dem das Gesicht eines zwei- oder dreijährigen Mädchens zu erkennen war.

Schmahl warf die gebrauchten Kleidungsstücke in einen Wäschekorb neben dem Kleiderschrank und zog frische Jeans, Hemd und Pullover aus dem Schrank. Bevor er ging, holte er eine Stange

Reval von dem leeren Küchenregal und brach zwei Päckchen heraus.

Wenn er den Golf unter dem Kriegerdenkmal parkte, das am Eingang des Bocklemünder Friedhofs mit Efeu zuwuchs, hatte Schmahl eine gute Sicht auf den Kindergarten. Es war gleich vier. Eine Reihe von Autos stand vor dem Eingang auf der gegenüberliegenden Straßenseite. Wartende Eltern. Um Punkt vier würden sich die Türen öffnen, Kinder schreien, die Treppe hochlaufen, von den Eltern in Empfang genommen werden.

Barbaras Fiesta stand noch nicht in der Reihe. Jetzt war es vier. Kindergeschrei. Die Eltern stiegen aus ihren Autos und packten ihre Kinder auf die Rücksitze. Die Autos fuhren los. Fritzi blieb mit einem kleinen Jungen allein auf dem Bürgersteig zurück. Sie unterhielten sich. Es sah aus wie ein Gespräch zwischen zwei Erwachsenen. Fritzi! Schmahl ärgerte sich wieder einmal über den merkwürdigen Namen. Einer von vielen Punkten, bei denen sich Barbara damals durchgesetzt hatte.

Ihr Fiesta hielt vor den Kindern. Typisch! Sie stieg nicht aus. Öffnete nur die Beifahrertür. Fritzi und der Junge kletterten auf die Rückbank, der Fiesta fuhr los. Barbara hatte ihn nicht gesehen. Oder sie hatte weggesehen.

«Zwei Scheine für die Lederjacke, drei für den Sony. Mehr ist nicht drin.»

Obwohl Zedwitz aussah, als wäre er weit über achtzig und es wahrscheinlich auch war, verfügte er über eine Stimme mit dem Klang eines Schneidbrenners. Er brauchte keine Brille. Ein kurzer Blick auf die Ware – er berührte sie noch nicht einmal – und er zischte sein Angebot heraus. Dabei sah er aus wie ein kleiner dicker Gemüsehändler. Zedwitz trug einen schmutzigen weißen Kittel, wenn er Geschäfte machte. Das hier war eine Unverschämtheit. Schmahl hatte mit dem Doppelten gerechnet.

«Das ist doch nicht wahr! Hast du mal auf die Preisschilder geguckt?»

«Was auf den Preisschildern steht, interessiert mich nicht, Junge. Mich interessiert nicht, was das Zeug kostet, bloß, was es wert ist. Der Markt ist eng. Die verschissenen Fixer. Lederjacken! Kassettenrekorder! Autoradios! Da bombardieren die mich mit. Wer kauft so'n Scheiß noch, Junge?»

«Mit fünf Scheinen hab ich gerade die Kosten drin. Das weißt du.»

«Und das Geschäft wird immer riskanter.»

«Das hier ist absolut neue Ware, Zedwitz! Da müssen mindestens fünfzig Prozent vom Preis drin sein.»

«Fünfzig krieg noch nicht mal ich, Junge. Bleib auf dem Teppich.»

Schmahl war sauer. Für die beiden Teile hatte er je eine Kreditkarte verschlissen. Er riskierte nie, mit einer Kreditkarte mehr als einmal einzukaufen. Dreihundert Reibach, das war zu wenig. Viel zu wenig. Andererseits war Zedwitz der einzige zuverlässige Hehler, den er kannte. Und der einzige Kreditkartenlieferant, den er kannte.

«Sechs Scheine und die nächste Kreditkarte gratis, letztes Angebot», sagte Schmahl.

Zedwitz' kleine rote Augen fixierten Schmahl für einen Moment. Dann stand er auf und drehte sich zur Kaffeemaschine um, die unter dicken Kalkschichten röchelte. Zedwitz wickelte solche Geschäfte in der Küche hinter seinem Kreditvermittlungsladen ab, in dem seine Schwiegertochter die Kunden mit fünfundzwanzig Prozent Zinsen plus Vermittlungsgebühr in den endgültigen Ruin trieb.

«Kaffee, Junge?»

«Sechshundert, Zedwitz. Und eine neue Karte.»

«Wußtest du schon, daß ich für die Karten jetzt mehr nehmen muß, Junge?»

«Zuerst mein Angebot, Zedwitz. Sechshundert!»

«Du bietest nicht, Junge. Ich biete. Fünf!»

Schmahl beherrschte sich. Das hatte er in den zweieinhalb Jahren Rheinbach gelernt: Beschimpfungen, Beleidigungen bringen dich immer auf Null zurück. Danach mußt du ganz von vorn anfangen.

«Was soll die Karte jetzt kosten?»

«Zwei Scheine, Junge.»

Zedwitz schaufelte drei Löffel Zucker in seinen Kaffee. Er blieb hinter dem resopalbeschichteten Küchentisch stehen, rührte langsam in seiner Tasse und trank gemächlich einen kleinen Schluck.

«Was hast du gegen mich, Zedwitz?»

«Nichts, Junge. Bloß, die Zeiten sind hart. Hast du den *Express* gelesen? Nein. Du liest keine Zeitung. Im *Express* schreiben sie, daß der Waidmarkt jetzt ein Sonderdezernat eingerichtet hat, weil die sonst mit all den Autoeinbrüchen und so nicht mehr klarkommen. Verstehst du?»

Schmahl packte die Lederjacke und den Sony zurück in die Sporttasche und ging. Er ließ den Golf in der Stammstraße stehen, ging zu Fuß stadteinwärts. Auf der Kamekestraße wurde ein Altbau saniert. Drei Container mit Bauschutt blockierten den Fahrstreifen davor. Schmahl warf die Sporttasche in den Container, der gerade über eine Rinne aus dem zweiten Stock des Hauses mit Ziegelsteinen zugeschüttet wurde.

5.

«Bist du frisch?»

«Eh Mann, laß los eh, Mann!»

Schmahl drückte die 75-Kilo-Hantel noch etwas tiefer nach unten, so daß sich die Chromstange Horsts Hals näherte. Horst versuchte, die Hantel, die in einer vertikalen Schiene lief, hochzuhalten. Schmahl hatte den besseren Hebel und gab noch etwas Druck. Dann ließ er los.

«War'n Scherz.»

«Bist du bekloppt oder was eh?» Horsts Gesicht hatte einen violetten Farbton angenommen. «Kommst hier rein und drückst mir die Luft ab. Wär ich bald bei draufgegangen, Mann!»

Der Schweiß lief ihm über das Gesicht. Sein Schnurrbart war klatschnass. Die Bodybuilder, die in den Wandspiegeln ihre Muskeln bei der Arbeit beobachteten, trainierten weiter an ihren Geräten. Auch Horsts Oberkörper war nackt.

«Du bist fett», sagte Schmahl. «Klein und fett.»

«Was willst du?» Horst kam allmählich wieder zu Atem. «Hätt ich nicht gedacht, daß ich dich noch mal sehe. Daß du hier vorbeikommst.»

Horst stand von der Hantelbank auf, angelte sich ein Handtuch, trocknete Gesicht und Oberkörper ab und zog sich eine pinkfarbene Satin-Trainingsjacke über.

«Hast du's dir überlegt? Hast du den Zettel gelesen?»

«Bin gerade abgezockt worden. Blank.»

«Selber Schuld.»

«Ich brauche fünfhundert. Bist du frisch?»

«Du hast sie nicht mehr alle.»

«Ja oder nein.»

«Wie komm ich dazu?»

«Hätt ja sein können.»

«Hast du den Zettel gelesen?»

«Was für'n Zettel?»

«Den ich dir im *Interconti* gegeben hab. Hast du dir in deine Jeans gesteckt. Der Zettel mit den zehn Regeln, Mann.»

Schmahl tastete seine Jeanstaschen ab.

«Hab keinen Zettel.»

«Du hast ihn doch nicht etwa verloren?»

«Nein. Ist in 'ner anderen Hose.»

«Okay. Geh'n wir was trinken. Die Bar hier ist super, Mann. Ich lad dich ein. Bin hier Stammkunde.»

Ein breiter Glasperlenvorhang trennte die Säle mit den Sportgeräten und den Sonnenbänken von einem Vorraum mit einer Bar und einem halben Dutzend hochbeiniger runder Tische mit je drei Barhockern. Die Wände waren mit Plakaten beklebt. Muskelmänner und Muskelfrauen in immer den gleichen angestrengten Posen. Hinter der Bar ein Regal mit zwei Reihen Kraftdrinks, darüber zwölf goldglänzende Pokale. Die Bedienung, eine schick gemachte Rothaarige, feilte an ihren langen grünlackierten Fingernägeln.

«Was trinkst du?» fragte Horst.

«Espresso.»

«Ein Espresso und ein Kölsch, Monika.»

«Espresso haben wir nicht. Die Maschine ist kaputt», rief die Rothaarige zurück, ohne das Feilen ihrer Nägel zu unterbrechen.

«Nehm ich auch'n Kölsch.»

»Dann zwei Kölsch, Monika.»

Horst senkte die Stimme: «Paß auf. Du brauchst Geld. Okay. Ich geb dir zweihundert. Unter einer Bedingung.»

«Mit zweihundert komm ich in kein Spiel rein.»

«Okay, dreihundert.»

«Was ist die Bedingung?»

«Du hörst dir meine zehn Regeln an und du hörst dir an, was für'n Ding ich in Planung hab. Okay?»

«Vierhundert.»

«Ich hab nicht mehr als dreihundert.»

Schmahl zuckte die Schultern.

«Also folgendes: es geht um bewaffnete Raubüberfälle. Supermärkte. Kioske. Läden, in denen viel umgesetzt wird.» Horst sprach so leise, daß Schmahl ihn kaum verstehen konnte. Jetzt hielt er inne.

«Was ist mit dem Kölsch, Monika?»

Die Rothaarige feilte noch zwei Striche über den Nagel des rechten kleinen Fingers, der als einziger schwarz lackiert war, dann setzte sie sich in Bewegung. Als sie die Kölsch brachte, sah Horst, daß der Schaum fehlte.

«Ist ja schal.»

«Anderes hab ich nicht. Die Kühlung ist kaputt.»

«Hast du irgendwas, was funktioniert?»

«Ja, mich.» Dabei faßte sie sich mit der Hand unter eine Brust und hob sie leicht. Sie lächelte Schmahl an.

«Was haste denn da für'n Süßen mitgebracht?»

Schmahl schaute zu ihr auf. Die roten Haare waren asymmetrisch geschnitten. Auf der linken Seite zwei Zentimeter kurz, in der Mitte standen sie aufrecht hoch zu einem Kamm, rechts fielen sie lang übers Ohr. Im Gesicht massenhaft Sommersprossen. Die Augen grün und eine Spur zu klein. Sie hätte eine Schönheit sein können, wenn sie eine Oberlippe gehabt hätte. Schmahl lächelte nicht zurück.

«'n Freund», sagte Horst.

«Bißchen schmal. Könnte mal was für sich tun.»

Sie ging zurück hinter die Theke, und Schmahl sah, wie sie ein, zwei Mal kurz die Hüften schwenkte. Nicht ausladend. Nur angedeutet. Im Vorbeigehen schaltete sie den Kassettenrekorder an. Während eine Clayderman-Brühe aus den Lautsprechern sickerte, holte Horst wieder einen Zettel aus seiner Brieftasche und las vor:

1. *Sei immer höflich bei einem Job. Sag bitte und danke.*
2. *Sprich nie mehr als nötig.*
3. *Rede deinen Partner nie mit seinem Namen an, höchstens mit einem erfundenen.*
4. *Trage immer gute Sachen. Kleide dich nie auffällig oder wie ein Landstreicher.*
5. *Benutze nie deinen eigenen Wagen.*
6. *Zähle nie die Beute im Wagen.*
7. *Wirf in Bars oder bei Weibern nie mit Geld um dich.*
8. *Geh nie zu einer alten Bar oder Stammkneipe zurück.*
9. *Erzähl niemandem, was du machst; einem Fixer darfst du nicht einmal sagen, wie du heißt.*
10. *Laß dich nie mit Leuten ein, die was mit der Unterwelt zu tun haben.*

Horst faltete das Papier und steckte es zurück in die Brieftasche. Dabei legte er eine Miene auf, als hätte er soeben vorm Bundestag ein neues Grundgesetz verkündet.

«Ist doch Quatsch!» sagte Schmahl.

«Das ist genial, Mann. Genial!»

«Und was willst du als erstes abziehen?»

«Das Büro von der DSG im Hauptbahnhof. Hab ich abgecheckt. Kinderspiel. Da sind zwanzigtausend drin. Minimum.»

«Bewaffnet, also mit 'ner Knarre?»

«Klar. Sonst funktioniert es nicht. Ist doch wohl logisch.»

«Und du meinst, du wärst der Typ für so'n Ding?»

«Wir beide. Das geht nur zu zweit.»

«Weil's so in deinem Krimi steht?»

«Nein. Weil's logisch ist.»

«Logisch. Aha.»

Horst nippte jetzt an seinem Glas.

«Hast du 'ne Knarre?»

«Besorg ich. *No problem.*»

«Aha.»
«Was heißt das: aha?»
«Ich komme morgen noch mal, und dann erzählst du mir die Details. Dann bring ich dir auch die dreihundert zurück.»
«Warum soll ich dir's nicht jetzt erzählen?»
«Weil ich sonst nicht mehr in die neue Runde reinkomme.»
«Wo spielst du?»
«Mal hier, mal da. Manchmal im *Strada*, manchmal in der Budweiser-Kneipe auf dem Friesenwall. Wie's kommt.»
«Ich kann mich auf dich verlassen?»
Schmahl blickte Horst an, ohne zu antworten.
«Also okay. Ich rechne mit dir», sagte Horst.
Schmahl streckte die Hand aus.
«Die Kohle!»

6.

Hassans Büro war die Theke im *Café Schmittchen* auf der Breite Straße. Wenn einer was von ihm wollte, wußte er, daß er Hassan hier von morgens zehn bis nachmittags um sechs treffen oder anrufen konnte. Hassan war unter anderem im Inkasso-Geschäft tätig. Ein Einmann-Betrieb. Wenn ein Amtsgerichtstitel nicht das Papier wert war, auf dem er stand, trieb Hassan Schulden ein. Bis auf den letzten Pfennig. Inklusive Zinsen. Mit trockenen Schlägen der flachen Hand auf Niere, Leber, Magen, Geschlechtsteile. Hassans Schläge hinterließen keine Spuren, dafür taten sie sehr weh, und wer sie zu spüren bekommen hatte, zahlte. Zahlte meistens sofort. Dafür kassierte Hassan fünfzig Prozent von allem, was er aus den Schuldnern herausprügelte. Die restlichen fünfzig Prozent waren für die Gläubiger besser als gar nichts.
«Ich brauch zwei Knarren, Hassan.»
«Zwei? Hast du 'nen Doppelmord vor?»
«Smith&Wesson, Revolver. 45er, langläufig, oder Python.»

«Willst du mit Winnetou ins Siebengebirge?»

«Kannst du so was besorgen oder nicht?»

Hassan kippte sein Kölsch. Hassan trank zu jeder Tageszeit Kölsch. Allerdings sah er nicht aus wie ein Alki. Keine Gesichtsröte, kein Zittern. Sein viereckiger Schädel war kahl, und die hohen Wangenknochen verliehen dem groben Gesicht etwas furchteinflößend Asiatisches. Dabei war Hassan Österreicher oder Ungar. Hassan nannten sie ihn, seitdem er gestohlene Diesel in die Türkei überführt hatte.

«Gib mir 'n Kölsch aus!»

Außer von Inkassogeschäften lebte Hassan von penetrantem Schnorren. Horst bestellte das Kölsch.

«Pythons und die langläufige 45er sind totaler Quatsch. Wo willste die tragen? Die Dinger zieh'n dir die Hosen runter, du brauchst eine Ewigkeit beim Ziehen und außerdem machen sie einen Höllenlärm.»

«Dann besorg gleich zwei Schulterhalfter und zwei Schalldämpfer mit.»

«Du bist so was von blind, Horsti! Nimm die Smith&Wesson. 38er Stubsnase. Das ist was Reelles. Kostet richtig. Aber dafür haste überhaupt keine Probleme damit.»

«Wieviel?»

«Fünfzehnhundert. Pro Stück.»

«Und wann?»

«Komm heute abend noch mal vorbei. Und bring Schmalz mit.»

7.

Monika hatte die engsten Bodystockings angezogen, die sie besaß und sonst gar nichts. Vergeblich. Der Typ guckte noch nicht mal hin. Schnüffelte um die Trainingsbänke herum, betatschte die Geräte. Kein Blick auf Monika. Auch den Piccolo, den sie ihm anbot, schlug er aus.

«Wenn sie kein Geld haben, muß ich hier pfänden, Frau Schwitters.»

Monika zwitscherte, versuchte es noch einmal, räkelte sich zwei Zentimeter vor dem Typ an einer Wandreckstange entlang.

«Sie wissen doch, wie das ist mit so einem Geschäft! Die Leute drücken sich vor den Monatsbeiträgen. Kommen einen Abend auf lau und dann geh'n sie in ein anderes Studio. Das dauert, bis so ein Laden in Schwung kommt, Abo-Kunden und so. Und dann der Kredit! Der Kredit frißt die laufenden Einnahmen. Wir leben ja selbst bloß auf Pump.»

«Es geht um die Umsatzsteuer, Frau Schwitters. Die hätten Sie sowieso vorab entrichten müssen. Das ist sozusagen ein Staats-Kredit. Und der ist längst fälliggestellt, sozusagen.»

«Bitte!»

Monika hauchte. Scheinbar lässig hatte sie die Arme über Schulterhöhe auf die Reckstange gelegt, so, daß der Body sich über ihren Brüsten spannte.

«Nehmen Sie einen Scheck und verwahren Sie ihn eine Woche! Das haben Sie doch schon mal gemacht.»

«Das geht nicht mehr. Ich habe Vorgesetzte. Und die kontrollieren, was ich mache. Leider. Ich kann Ihnen jetzt keine Brücke mehr bauen, Frau Schwitters.»

Monika spielte den letzten Trumpf aus und griff an ihr Dekolleté. Ihre linke Brust berührte jetzt leicht die Hand des Vollstreckungsbeamten, die sich um den Griff der Aktentasche krallte.

Monika zog einen Fünfhundertmarkschein aus dem Ausschnitt.

«Das ist alles, was ich habe.»

Der Beamte machte einen halben Schritt zurück, öffnete die Aktentasche.

«Einverstanden.»

Er füllte eine Quittung aus, reichte sie Monika und nahm den Geldschein, den sie ihm unter die Nase hielt. Das Geld und den Quittungsblock packte er in die Aktentasche. Monika erkannte das Pfandsiegel, das er plötzlich in der Rechten hielt, aber da klebte es schon unter dem neuen Geräteturm.

«Tut mir leid. Fünfhundert reichen nicht, Frau Schwitters.»

Monika schloß ihren lippenlosen Mund, der während der letzten Viertelminute offengestanden hatte. Und öffnete ihn gleich wieder.

«Du Schwein! Du mieser dreckiger Kartonwichser! Weißt du, was das Ding wert ist? Zweiundzwanzigtausend ist das wert! Zweiundzwanzigtausend!»

8.

«Also *Mega-Form-Schoko* ist tausendmal besser als *Sporting*. Und viel leckerer.»

«Die meisten wollen aber *Sporting* Himbeer.»

«Zuckerkram! Genau wie *Sporting* Vanille Sahne. Nee. *Mega-Form*, das ist es.»

«Ich hab da nicht so viel Ahnung, weißt du.»

Hatte Anita wirklich nicht. Anita war Monikas Vertretung in der Bar des *Fitness-Treff*. Ansonsten hütete sie Monikas anderthalbjährigen Sohn Max. Sie war das Mädchen für alles und wohnte sogar in einer Wohnung mit Monika und deren Freund Zöller. Mit ihrer natürlichen Art, ihren schulterlangen braunen Haaren, die sie glatt und offen mit einem Mittelscheitel trug, wirkte sie fremd hinter der Bar. Horst versuchte, wann immer Anita im *Fitness-Treff* arbeitete, sich an sie heranzumachen. Immer ohne Erfolg. Er probierte es noch einmal mit den Eiweiß-Drinks.

«Außerdem», sagte er, «bläht *Sporting* auf. Irgendwie künstlich. Das liegt an den kurzfristig abbaubaren Aminosäureverbindungen da drin.»

«Ach», sagte Anita. Freundlich, aber deutlich desinteressiert.

«Und dazu hat *Sporting* auch noch zehn Prozent Peptide-Anteil. Auch nicht gut.»

«Nein?»

Horst gab es auf. Er trank noch ein Schlückchen aus seinem Glas *Mega-Form-Schoko*, kratzte sich am Schnurrbart, stierte Anita an und überlegte, womit er jetzt kommen sollte.

«Weißt du eigentlich, daß ich eigentlich Italiener bin?»

«Nein. Hätte ich nie gedacht. Bei dem Vornamen. Italiener heißen doch nicht Horst.»

«Nee.» Horst grinste. Er sah Anita an wie ein Notar, der jetzt zur Testamentseröffnung schreitet. «Rat doch mal, wieso ich als Italiener ausgerechnet Horst heiße?»

«Keine Ahnung.»

«Nach Horst Szymaniak!»

«Wer ist denn das?»

«Szymaniak! Mann eh! Mein Alter war totaler Fan von Horst Szymaniak. Das war der erste deutsche Fußballer, der nach Italien gegangen ist. Zum AC Catania, da, wo mein Alter herkommt.»

«Ach.»

Jetzt gab Horst es endgültig auf. Es war nach zehn Uhr abends. Schmahl würde wohl nicht mehr kommen. Er machte sich auf, ihn zu suchen.

Die beiden Kanonen, die er am frühen Abend von Hassan bekommen hatte, zogen ihm die Seitentaschen seines Bomberblousons bis auf die Knie hinunter und schlugen bei jedem Schritt hart gegen seine Schenkel. Horst ging in eine Hofeinfahrt und packte die Pistolen um: eine steckte er in die Innentasche des Blousons, die andere hinter den Gürtel in den Hosenbund. Das erleichterte die Sache auch nicht wesentlich. Die Knarre in der Hose hatte keinen richtigen Sitz und rutschte ständig in seine Unterhose. Alle paar Schritte mußte Horst stehenbleiben, um sie unauffällig wieder hochzudrücken und unterm Gürtel festzuklemmen.

Am Friesenplatz war er es leid. Er ging den Ring hinunter bis zum *Wienerwald*, ließ sich ein halbes Hähnchen doppelt in Alutüten verpacken.

Das *Strada* war voll. Schmahl war nicht zu sehen. Horst ging zum Klo. Er ekelte sich in der Zelle, die seit Wochen nicht mehr geputzt zu sein schien. Er pulte das Hähnchen aus der doppelten Aluhülle und nahm es in den Mund, um die Hände für das Verpacken der Kanonen frei zu bekommen. Er stopfte sie in die fettigen Tüten, und schließlich sah die Wienerwaldtüte mit den Kanonen so aus wie eine Wienerwaldtüte mit einem halben Hähnchen. Als er aus dem Klo raus war, kriegte er Appetit und knabberte im Gehen an dem Hähnchen. Die Knochen warf er am Rudolfplatz in einen Abfallkorb.

In der Budweiser-Kneipe auf dem Friesenwall war Schmahl auch nicht. Horst wollte schon aufgeben. Also gut. Letzter Versuch. Er guckte durch die Glasscheibe ins *Schieferhaus*. Der Vorraum war leer, nur der Wirt stand hinter der Theke und polierte Cognac-Schwenker. Im Hinterraum sah Horst ein paar Köpfe in einer Rauchwolke, konnte niemanden erkennen.

Schmahl saß mit drei Typen um ein Backgammon-Brett. Er spielte gegen einen Kerl, dessen untere Gesichtshälfte durch einen gewaltigen Schnurrbart verdeckt wurde. Schmahl verlor. Der Typ mit dem Schnurrbart war beim Raussetzen, warf dabei einen Pasch. Schmahl hatte noch nicht einmal alle Steine im Haus. Wenn der Typ noch einen Pasch werfen würde, drohte Backgammon und die Verdopplung der 64 Punkte, die auflagen. Der Schnurrbart warf den Pasch.

«Gut. Noch eins», sagte Schmahl.

«Zuerst Kasse.» Der Schnurrbart tippte mit einem Zeigefinger so dick wie ein vierjähriger Birkenstamm auf den Einsatzwürfel.

«Schreib's auf. Rechnen wir nachher ab.»

«Nein. Das machst du jetzt schon das dritte Mal. Ich will jetzt Kasse.»

«Ein Spiel noch!»

«Nein. Kasse.»

Schmahl kramte in seiner Jeanstasche. Förderte einen Hundert-

und zwei Zwanzigmarkscheine zutage. Der Schnurrbart addierte Zahlen auf einem Bierdeckel. Schmahl schob ihm die hundertvierzig Mark zu.

«Fehlen zweihundertdreißig», sagte der Schnurrbart.

«Mehr hab ich nicht.»

Niemand sagte etwas. Auch im Laden war es still. Schmahl drehte sich kurz zu Horst um, der hinterm Tisch stand. Horst hob die Schultern.

«Gut. Ich schreib dir 'nen Schuldschein», sagte Schmahl.

«Morgen abend zahlen.» Die Stimme des Schnurrbarts klang fast zärtlich.

9.

«Wieso bist du nicht im Studio?»

Zöller hängte zuerst seine Popeline-Jacke, dann das Schulterhalfter mit der Sig Sauer an die Garderobe.

«Das macht Anita heute abend.»

«Anita! Weshalb machst du das nicht? Die Kunden steh'n nicht auf Anita, die steh'n auf dich.»

«Nicht so laut! Max ist gerade eingeschlafen»

Zöller folgte Monika in ein Wohnzimmer, das aussah wie das Appartement einer Gespielin J.R.'s. Eine massige weiße Ledercouch, zwei Sessel, eine Vitrine aus weiß lasierter Eiche, die dazu passende Anrichte, bodenlange weiße Chintzvorhänge, selbst der Teppichboden und die Halogen-Stehlampen waren weiß. Monika versank in einem Sessel und langte nach einem fast leeren Whiskyglas auf dem Beistelltisch.

«Anita muß auch mal unter die Leute. Die versauert ja sonst hier. Und ich wollte Max endlich mal wieder selbst ins Bett bringen. Ich krieg das Kind sowieso kaum zu sehen.»

«Darum hast du dich doch auch sonst nie gerissen.»

«Du auch nicht gerade.»

«Bin ich der Vater?» Zöller ging in die Küche und kam mit einem Bier zurück. Er trank aus der Flasche.

«Im übrigen wollte ich mit dir sprechen.»

«'n Scheißprogramm.» Zöller studierte die Fernsehzeitschrift. «Oper! 'n Dokumentarfilm über Exxon Valdez. Was ist das denn?»

«Die vom Finanzamt haben heute morgen den neuen Geräteturm gepfändet.»

Zöller legte die Zeitschrift zurück auf den Fernseher und trank an seinem Bier. Dann schüttelte er den Kopf.

«Sag ich doch. Du kümmerst dich nicht genug um den Laden. Du hast immer noch nicht geschnallt, daß du die Attraktion in dem Laden bist. Wenn's richtig laufen würde, kämen die Leute wegen dir dahin. So läuft ein Laden. Genau wie 'ne Kneipe. Kölsch kriegste überall. Letztendlich gehste wegen dem Wirt hin.»

«Viertausend. Umsatzsteuer.»

«Scheiße.»

«Wenn wir die in den nächsten zwei Wochen nicht zahlen, holen sie den Turm. Dann können wir das Studio dichtmachen. Auf den Turm stehen alle.»

Zöller ging in die Küche und holte sich ein neues Bier. Er setzte sich und öffnete die Flasche mit dem vergoldeten Flaschenöffner an seinem Schlüsselbund.

«Ich kann nicht noch mehr Nebenjobs an Land ziehen. Klar, könnte ich. Kein Problem. Aber das kostet Zeit, und die geht mir von der Dienstzeit ab. Ich hab noch nicht mal die Berichte alle fertig. Vorgestern hat mich der Boß zitiert. Das fällt allmählich auf. Mit meinen zweiundvierzig bin ich zu alt, um was Neues anzufangen.»

«Dann mußt du eben mehr von deinen Kunden holen.»

«Mußt! Mußt! *Du* mußt dich mehr um den Laden kümmern.»

Monika stand auf und ging zu einem weißen Korbwagen, in dem Flaschen standen. Sie goß Bourbon nach. Halbvoll.

«Oder verkauf den Schuppen.»

Monika fuhr herum. Starrte auf Zöller hinunter.

«Das wär das allerletzte! Verkaufen ist das allerletzte. Für den Laden hab ich geschuftet. Der kommt nicht weg!»

«Reg dich ab. Ich schlachte jedenfalls die Kühe nicht, die ich noch melken kann. Wenn ich jetzt komme und noch mehr Beteiligung verlange, dann lohnt sich für die der Job nicht mehr, und die Schwelle wird immer niedriger, daß mich einer hochgehen läßt. Kannst dir vorstellen, was dann im Waidmarkt los ist. Dann kannst du mich sechs Jahre lang in Ossendorf besuchen.»

Monika nippte an ihrem Whiskyglas.

«Dieser dicke kleine Horsti, der mit dem Schnurrbart. Der hat gestern 'nen Freund mitgebracht. Sieht so aus, als könnte der ein Kunde von dir werden.»

«Red keinen Stuß. Ich hab dir doch gesagt, daß ich mir nicht noch mehr an den Hals hängen kann.»

«Und was ist mit den viertausend?»

Zöller rieb sich die Nase.

«Zwei Wochen hast du gesagt. Zwei Wochen sind viel Zeit.»

10.

Schmahl faßte die Browning mit zwei Fingern und zog sie aus der Alutüte. Schnüffelte an der Waffe.

«Das ist ja Hähnchenfett!»

«Hier ist ein Lappen.»

Horst hatte seine Mauser 08 schon abgewischt. Beide Pistolen waren riesige, unhandliche Halbautomatiks. Uralt, Weltkriegsmodelle. Hassan hatte behauptet, auf die Schnelle gäbe es nichts anderes und für den Schrott immer noch anderthalbtausend verlangt. Horst versuchte, sein Magazin mit einer professionellen Handbewegung in den Griff schnappen zu lassen. Das Magazin klemmte. Horst zog es zurück, lud noch einmal durch, schaute in die Kammer, dann schlug er das Magazin mit Gewalt in den Griff.

Schmahls Browning machte einen gewaltigen Lärm. Aber er hatte eine der Flaschen, die sie auf einem gefällten Baumstamm aufgereiht hatten, getroffen. Obwohl in der Dunkelheit kaum etwas zu erkennen war. Den Golf hatten sie auf dem Parkplatz vor der Jahnwiese abgestellt und waren ein Stück am Adenauerweiher entlanggelaufen, bis Horst meinte, hier wäre es okay, hier würde man sie von der Straße aus weder sehen noch hören.

«Woher kannste das?»

Schmahl steckte die Browning in den Gürtel.

«Hab mit sechzehn mal mit sowas gespielt.»

Horst lud durch, zielte, drückte ab. Aber es gab nur ein Klikken des Hahns.

«Uralte Munition!» Horst lud nochmal durch. Der Schlitten warf die taube Patrone aus. Horst drückte ab. Aber die Waffe funktionierte einfach nicht.

«Kann nur an der Scheiß-Munition liegen.»

«Komm, laß sein. Wir hauen ab.»

«Moment Mann! Erst will ich wissen, ob das Ding es tut.»

«Ist doch wohl egal.»

Horst klemmte neue Patronen ins Magazin.

«Egal? Dir ist das egal. Deine Wumme tut es.»

«Du willst das Ding doch nicht wirklich benutzen!»

«Weiß ich nicht.» Horst zielte. «Aber wenn's sein muß, muß sie funktionieren.

Sie funktionierte nicht.

«Scheiße. Gib mir deine!»

«Warum?»

«Weil ich eine haben will, die es tut.»

Schmahl knöpfte die Jacke über seiner Kanone zu.

«Ich finde, es ist besser, deine tut es nicht.»

«Arsch! Das sind meine Kanonen. Die hab ich bezahlt. Und im übrigen krieg ich noch drei Scheine von dir!»

Schmahl war schon auf dem Weg zurück zum Parkplatz. Horst blieb nichts übrig, als ihm hinterherzulaufen.

«Eh Mann! Gib mir meine Kanone!»

Auf der Rückfahrt in die Stadt schwieg Horst trotzig. Schmahl fuhr die Friedrich-Schmidt-Straße hoch, bog dann in die Kitschburger ein. Auf der Dürener Straße redete Horst wieder.

«Wieso haste bloß so'n popeligen Golf genommen?»

«Weil das das einfachste ist.»

«Wieso einfach? Kannste etwa keine anderen Autos klauen?»

«Da komm ich am schnellsten rein und kenn die Zündkabel.»

«Golf ist trotzdem ein Scheiß-Auto. Besser wär ein amerikanischer Schlitten. Ein weißer Thunderbird. Wie Stick und Frank den fahren.»

Schmahl steckte sich eine Reval an. Es gab keine Grünphase auf der Dürener Straße, selbst nachts nicht. Alle hundert Meter standen sie vor einer roten Ampel.

«Ein schnelles Auto wäre auf jeden Fall besser. Kannste nicht wenigstens 'nen Benz oder sowas klauen? Wir könnten doch auch mal verfolgt werden.»

«Du bist bekloppt. Wenn die Bullen dich verfolgen, ist es aus. Zu so was darf es überhaupt nicht erst kommen. Erzähl mir lieber von dem Ding, das du geplant hast!»

«Scheiß-Golf! Und dann noch mit 'ner Bergheimer Nummer!»

Schmahl reagierte nicht.

«Ich steh auf Benz. 450er!»

Schmahl zündete sich eine neue Reval an.

«Mußt du dauernd qualmen? Ist ja ekelhaft. Sitz ich in so 'nem Scheiß-Golf und muß mir auch noch deinen verdammten Qualm reinziehen.»

Schmahl bog rechts ab in den Zülpicher Wall, fuhr in eine Parkbucht und bremste abrupt. Er stieg aus. Horst blieb nichts übrig, als auch auszusteigen. Sie gingen die Lindenstraße hoch.

«Jetzt erzähl mir endlich von dem Ding!»

Horst trottete neben Schmahl her, mehr als einen halben Kopf kleiner. Er mußte fast doppelt so viele Schritte machen. Bei dem kommt er auf die Tour wie bisher nicht weiter. Ist vielleicht auch gut so. Besorgt er sich bei Hassan eben 'ne neue Knarre. Mit dem hat er sowieso noch ein Hühnchen zu rupfen. Wegen der Scheiß-Munition.

«Was ist? Erzählst du's jetzt oder nicht?»

Vielleicht ist der doch der richtige Partner. Ein Abgebrühter. Harter. Irgendwie hattest du den richtigen Riecher. Menschenkenntnis ist eben alles. Und jetzt hast du ihn auch so weit. Der kann gar nicht mehr anders. Dem steht das Wasser bis zum Hals.

«Also folgendes: kennst du die DSG?»

«DSG? Nee.»

«Deutsche Schlafwagengesellschaft. Die haben im Hauptbahnhof ein Büro. Da liefern die Schlafwagenschaffner, Liegewagenbetreuer, Minibarverkäufer und die Kellner aus den Zug-Restaurants ihre Kohle ab. Wenn wir das zum richtigen Zeitpunkt durchziehen, liegen da zwanzigtausend. Entweder morgens gegen acht, halb neun oder abends gegen elf. Da steigen 'ne Menge DSG-Besatzungen in Köln aus und rechnen im Büro ab.»

«Ist das nicht gesichert? Tresor? Zeitschloß? Bullen?»

«Das ist es doch! Die haben noch nicht mal 'nen Tresor. Die Kohle ist in einer Kassette in einem Rollschrank. Wir spazieren einfach rein. Höflich! Regel Nummer 1. Kassieren und sind weg.»

«Bullen?»

«Bahnhofspolizei natürlich. Aber die sind anderswo beschäftigt. Jedenfalls morgens. Penner rausholen oder Stricher oder Ossis oder sowas. Deshalb ist morgens auch die beste Zeit. Außerdem ist dann im Hauptbahnhof viel Betrieb.»

«Woher weißt du das mit dieser DSG-Kasse?»

«Von 'nem Kumpel. Der war mal Liegewagenbetreuer.»

«Ist der mit drin?»

«Nee. Natürlich nicht. Der hat jetzt 'ne Surfschule auf Korsika.»

«Gut.»

«Das heißt, du machst mit?»

«Ja.»

«Kann ich mich wirklich drauf verlassen?»

«Klar. Du kennst mich doch.»

11.

Horst wartete schon zwanzig Minuten vor dem KVB-Schalter unterm Hauptbahnhof. Ohne das Häubchen auf der Nase war er kaum wiederzuerkennen. Vor allem, weil er sich die Nase gepudert hatte. Die blauen Flecken hatte er jedenfalls gut weggekriegt. Nur war die Nase dick wie eine Kartoffel. Umso besser. Erkennt dich niemand. Außerdem die Sonnenbrille! Carrera-Design. Nur, daß sie keinen richtigen Halt auf der geschwollenen Nase hatte. Horst staubte zum dreiundfünfzigsten Mal sein pflaumenblaues Kammgarnjackett ab, unter dem er ein fliederfarbenes Boss-Hemd trug. Fünfundzwanzig Minuten! Dann sah er Schmahl.

«Wie siehst du denn aus?»

Schmahl trug die gleichen Klamotten wie immer: Jeans, Jeanshemd, Lederjacke. Nur hatte er die Wildlederstiefel gegen Nike-Joggingschuhe getauscht.

«Regel Nummer drei: *Trage immer gute Sachen*!»

«Das war Regel Nummer vier.»

«Was? Haste das Papier doch gelesen?»

«Nein. Reichte, daß du es vorgelesen hast.»

«Okay, okay. Regel Nummer 3 ist: *Rede deinen Partner nie mit seinem Namen an, höchstens mit einem erfundenen.* – Da hab ich mir was überlegt. Ich sage Jake zu dir und du zu mir Joe.»

«Du hast sie nicht alle.»

Es war halb neun morgens. Das Bahnhofsfoyer war voller Menschen, die hastig auf den Ausgang zusteuerten. Pendler. Hokken für zweieinhalb netto den ganzen Tag lang in Großraumbüros oder stehen hinter Ladentheken. Holen sich Arthritis in den Knien. Armleuchter. Horst sah mitleidig in ihre Gesichter und erkannte die Spuren des Alltagsfrusts. Das ist jetzt vorbei! Schluß! Ende! Horsts Rechte tastete kurz nach der tauben 08 unter seinem Jackett. Für die nächsten Tage hatte er sich krank gemeldet. Am Montag wird gekündigt!

Sie steuerten auf den Aufgang zum Bahnsteig 1 zu. Schmahl stand schon auf der Rolltreppe.

«Moment!»

Horst war am Fuß der Rolltreppe stehengeblieben und winkte Schmahl zurück. Schmahl mußte gegen die Fahrtrichtung laufen und dabei einer Frau mit zwei Koffern ausweichen.

«Was ist?»

«Da drüben ist die *Heiße Wurst*. Super Mettwurst!»

Das erste Mal, seitdem sie sich begegnet sind, beobachtete Horst so etwas wie Fassungslosigkeit im Gesicht von Schmahl.

«Mein Blutzucker.»

«Dein was?»

«Blutzuckerspiegel. Muß jetzt unbedingt was essen.»

Schmahl beobachtete am Eingang zur weiß gekachelten Würstchenbude, an deren Rückwand tatsächlich hunderte pralle Mettwürste hingen, wie Horst an der Theke innerhalb einer Minute eine Wurst und ein Brötchen verschlang.

«Bist du immer so verfressen?»

«Das hat mit verfressen überhaupt nichts zu tun. Das ist mein Blutzuckerspiegel. Der sackt manchmal ganz plötzlich ab. Kann ich nichts dran machen. Dann muß ich sofort was essen, sonst wird mir schlecht. Und die Mettwürstchen hier, die sind super.»

«Blutzuckerspiegel!»

Auf Bahnsteig 1 befanden sich Bundesbahnbüros, die Bahnhofsmission und auch das Büro der DSG. Ein Nahverkehrszug hielt auf dem Gleis, und eine weitere Hundertschaft Pendler stieg aus.

Sie standen vor der DSG-Tür. Die Tür hatte keinen Griff und war verschlossen.

«Ich denk, die ist immer auf?» Schmahl blickte sich um. Die Leute gingen an ihnen vorbei, dem Ausgangsschacht zu. Niemand beachtete sie.

«Ist sie sonst auch.» Horst drückte auf die Klingel unter der Gegensprechanlage. Der Türöffner summte, ohne daß sich jemand an der Gegensprechanlage meldete. Sie gingen hinein und schlossen die Tür hinter sich. Ein kleiner, fensterloser Flur, rechts eine weitere Tür. Horst ging voraus. Die Waffe steckte in seinem Gürtel. Ein Mann in einer braunen DSG-Uniform stand vor einem abgewetzten Holztresen über ein Formular gebeugt und kehrte ihnen den Rücken zu. Hinter dem Tresen saß der Kassierer, der gerade einen Packen kleiner Geldscheine zählte. Keiner der beiden blickte auf.

«Guten Morgen!» sagte Horst laut und fröhlich.

«Morgen», murmelte der Kassierer, ohne sich beim Zählen stören zu lassen. Schmahl stieß Horst an, winkte mit einer Kopfbewegung zu den beiden hinüber. Horst machte mit der linken Hand eine Geste, die Abwarten bedeuten sollte, mit der Rechten öffnete er sein pflaumenblaues Jackett. Der Kassierer zog eine Liste heran, dabei blickte er zum ersten Mal auf. Die Gegenwart von Horst und Schmahl, die jetzt vor dem Tresen neben dem

Mann in der DSG-Uniform standen, schien ihn nicht zu irritieren, nur zu stören.

«Moment noch! Ihr seht ja, daß ich hier noch zu tun habe.»

«Keine Panik, Kollege, wir warten.» Horsts Stimme war wie Honig. Schmahl schaute sich um. Der Raum war fensterlos, aber links vom Tresen war eine Glastür, bloß angelehnt, dahinter das zögerliche Klappern einer Schreibmaschine.

«Quittierst du das noch?» fragte der Typ in der DSG-Uniform, schob dem Kassierer das ausgefüllte Formular zu und richtete sich jetzt auf. Ein baumlanger Kerl. Schmahl schätzte ihn auf über einsneunzig. Er sah wieder zu Horst hinüber. Was soll das? Wieso stehen sie hier immer noch blöd rum? Was hat der vor? Schmahl stieß Horst an. Aber Horsts Miene war die reine Engelsgeduld. Er blickte auf seine Uhr, dann zu Schmahl.

«Unser Zug fährt erst in sechs Minuten.»

Der Kassierer hob den Kopf.

«Ich denk, ihr habt Feierabend?»

«Noch nicht ganz», flötete Horst. Er hielt die 08 in der Rechten, die Mündung zitterte ganz leicht, fünf Zentimeter vor der Stirn des Kassierers. Der Lauf von Schmahls Browning bohrte sich in den Bauch des Einsneunzigmannes neben ihm. Der Kassierer, ein pickeliger Strohblonder, öffnete den Mund.

«Entschuldige bitte vielmals die Störung, Kollege. Es würde allerdings zu Unannehmlichkeiten führen, wenn du jetzt überreagierst.»

So eine geschwollene Scheiße hatte Schmahl Horst nicht zugetraut. Aber es schien zu funktionieren. Der Strohblonde hob die Hände. Schmahl drängte den Langen mit der Browning zwei Schritte zurück in die Ecke zwischen Tresen und Wand. Auch der Lange hob die Hände. Sagte keinen Ton. Der Strohblonde hatte seinen Mund wieder geschlossen.

«Das Spielchen mit den Händen ist im Grunde nicht vonnöten.» Horst plapperte wie bei einem Kneipenflirt. «Dreh dich jetzt einfach um, zieh das Rollo hinter dir auf und gib mir das Goldstück, das da drin steht.» – «Bitte», fügte Horst nach einer kleinen Pause hinzu.

Der Kassierer holte eine Geldkassette aus dem Rollschrank und stellte sie auf den Tresen.

«Wenn du jetzt bitte öffnen würdest?»

Der Kassierer zog einen Schlüsselbund aus der Schublade und schloß die Kassette auf. Zweihunderter, Hunderter, Fünfziger, Zwanziger, Zehner. Sauber nebeneinandergeschichtet.

«Danke sehr», sagte Horst.

Der Lange machte eine Bewegung. Sofort drückte ihm Schmahl die Browning fester gegen den Bauch, sah ihm in die Augen. Horst hatte die Geldbündel mit der Linken ins pflaumenblaue Jackett gestopft und packte die Scheine, die der Lange eben abgerechnet hatte, dazu. Dann sah er den Walkman. Der Walkman lag auf dem Tresen vor dem Langen.

«Darf ich?» fragte Horst, ohne seine Aufmerksamkeit und die 08 vom Kassierer abzuwenden. Er zog den Walkman zu sich heran. Funkelnagelneuer Sony. Mindestens vierhundert.

«Schön», sagte Horst. «Willst du ihn, Jake?»

«Arschloch! Finger weg!» sagte der Lange und erntete sofort einen schärferen Druck der Browning auf den Solar Plexus.

«Nein. Will ich nicht», sagte Schmahl.

«Mann, nimm ihn doch! Ist bestimmt super!»

«Nein, will ich nicht.»

«Bist du blöd, Mann eh. Ich würd ihn nehmen.»

«Ich aber nicht.»

«Also gut, er will ihn nicht», sagte Horst zum Langen und schob den Walkman zurück.

«Tja, das war's dann wohl, Kollegen. Herzlichen Dank auch. Und nicht von der Stelle rühren. Fünf Minuten Ruhe bewahren. Bitte.»

Horst zog sich als erster zur Tür zurück. Schmahl folgte ihm. Ihre Waffen blieben auf die beiden Männer gerichtet. Dann waren sie an der Flurtür. Horst öffnete sie, ohne sich umzudrehen, mit dem Ellbogen.

«Und nochmals danke, Kollegen!»

«Schleim», sagte Schmahl.

Dann waren sie im Flur. Auf dem Bahnsteig wurde ihr Zug durch den Lautsprecher ausgerufen: «Auf Gleis eins fährt ab der Nahverkehrszug nach Hagen ...» Sie steckten ihre Kanonen ein. Hörten den Pfiff des Zugführers. Dann waren sie draußen. Vor der Tür standen zwei Bahnhofspolizisten. Die Tür fiel zu.

«Wieso macht denn da keiner auf?» fragte der kleinere der beiden Bullen.

«Keine Ahnung.» Horsts Stimme zitterte leicht.

«Vielleicht ist die Klingel kaputt. Versuchen Sie's noch mal.» Auch Schmahls Stimme lag eine halbe Oktav höher als sonst. Der größere der beiden Polizisten setzte den Daumen auf die Klingel.

«Ist Kempe denn drinnen?» wollte der kleinere von Horst wissen.

«Klar», sagte Horst. «Aber wir müssen.»

Der Zug rollte langsam an. Totaler Blödsinn, jetzt noch den Zug zu nehmen. Der Zug war eine Falle! Doch Horst rannte schon. Stand auf einem Trittbrett. Riß die Tür auf. Die Bahnhofspolizisten drehten sich erstaunt nach ihm um. Dann rannte auch Schmahl.

12.

Schon wieder dieser Drecks-Bulle! Ratte! Daß der nie den Hals vollkriegt. Eddi räumte, so schnell es die gichtigen Finger schafften, das Schränkchen aus, in dem er das Bargeld verwahrte, stopfte die Scheine in die Taschen seiner Drillichhose. Dann das Klingeln der Ladentür. Der Bulle grinste. Wie dem die Gier aus den Schweinsaugen leuchtet! Mieser als der mieseste Fixer.

«Morgen Eddi!»

«Morgen Chef. Läuft's gut?»

«Bestens, Eddi.»

Der Bulle tat so, als schaue er sich im Laden um. Wie ein Kunde. Betatschte die elektrischen Spielzeugeisenbahnen, nahm sich einen Fotoapparat aus dem Regal, wog ihn in der Hand, als ob dessen Wert sich nach dem Gewicht bemäße, streifte mit dem Zeigefinger über eine Reihe verstaubter Ghettoblaster, tippte gegen einen Röhrenverstärker, alles so, als wäre er das erste Mal in Eddis An- und Verkauf. Und gleichzeitig waren alle seine Bewegungen so sicher, als gehörte ihm der Laden. Aber so weit ist es noch nicht, du miese Ratte. Noch ist es nicht so weit.

«Und selbst, Eddi? Was macht die Gesundheit?»

«Oh, oh, Chef. Bin fast jeden Morgen beim Doktor. Die Spritzen hab ich jetzt hinter mir. Vorläufig, sagt der Doktor. Dafür krieg ich jetzt Bestrahlung und Massage. Helfen tut das nichts, Chef.»

«Aber Eddi! Du siehst doch richtig fit aus heute morgen.»

«Das täuscht Chef, das täuscht. Halt mich eben aufrecht. Was soll ich sonst tun?»

«Du mußt dich anders ernähren, Eddi. Auf keinen Fall Schweinefleisch. Das ist Gift für dich, Eddi. Zeig mal deine Hände!»

«Nicht berühren, Chef. Tut tierisch weh.»

«Sieht besser aus als beim letzten Mal, Eddi. Aber tut weh, sagst du?»

Eddi zog die Hände wieder zurück. Steckte sie zurück in die Hosentaschen und betastete vorsichtig die Geldscheine.

«Ja, ja, Eddi. Das Leben wird nicht leichter.»

Zöller blieb beim geheuchelten Mitleidston. Gleichzeitig ließ er das freundliche Grinsen ganz allmählich aus seinem Gesicht verschwinden. Jemand, der von der Weidengasse aus in Eddis chaotischen An- und Verkauf hineinschaute, mußte meinen, er erkundige sich bei Eddi nach einem preiswerten Schallplattenspieler.

«Du weißt, bei uns haben sie jetzt ein Sonderdezernat eingerichtet.»

«Hab ich gelesen, Chef. Kommt ja richtig Arbeit auf euch zu.»

«Ja, ja. Harte Zeiten, Eddi. Und was das alles kostet!»

«Ich hab nichts, Chef! Ehrlich!»

«Eddi! Sag doch nicht so was. Ist ja schlimm genug mit deiner Gicht in den Fingern. Aber kein Geld? Du doch nicht, Eddi!»

«Wenn ich's Ihnen sage, Chef. Ich bin so geputzt wie nie. Ehrlich. Wenn jetzt einer reinkäme und würd mir für kleine Maus 'nen super Farbfernseher anbieten, könnt ich nicht zahlen. Ehrlich. Ich bin geputzt.»

Eddi nahm vorsichtig die Hände aus den Taschen. Er streckte sie mit den Innenflächen nach oben Zöller entgegen.

«Nichts im Nähkästchen, Eddi? Mach's doch gerade mal für mich auf. Bitte.»

Eddis Hände waren Klauen. Er kriegte keinen einzigen Finger mehr gestreckt. Zitternd zog er die Schublade des Schränkchens auf. Zöller stellte sich für einen Augenblick auf die Zehenspitzen, um über den Ladentisch hineinschauen zu können.

«Haste in der Hosentasche, die Kohle, Eddi.»

«Chef! Bitte! Ich würde Sie doch nie belügen, Chef. Sie doch nicht! Ich weiß doch, was ich an Ihnen hab, Chef! Wenn Sie nicht wären, wo wär ich dann? Könnt ich zumachen, meinen Laden hier.»

Zöller wandte sich ab. Sein Grinsen war einer scharfen Falte zwischen Nasenflügeln und Mundwinkeln gewichen, halb Ekel, halb Zorn. Er nahm seine Wanderung durch den vollgestellten Laden wieder auf. Blieb schließlich vor einer kleinen, schmalen Videokamera stehen. Er nahm sie aus dem Regal, hielt den Sucher vor's Auge.

«Ich sehe nichts, Eddi!»

«Müssen Sie einschalten, Chef. Funktioniert elektronisch. Da, der Knopf da. Der Akku ist geladen, Chef.»

Zöller fummelte an der Kamera herum, hob sie wieder ans Auge.

«Schön, Eddi. Schönes Gerät.»

Zöller richtete die Sony auf Eddis Kopf, drückte auf den Zoom-Schalter.

«Scharf! Richtig gut, Eddi!»

Zöller ließ die Kamera sinken. Er hielt sie von sich und betrachtete sie mit Kennermiene.

«Eddi!»

Eddi zuckte zusammen.

«Eddi, die nehm ich.»

«Da haben Sie sich was Feines ausgesucht, Chef.»

«Und dann laß mich doch mal gerade in deine Hosentaschen packen.»

13.

Horsts Wohnung im vierten Stock eines Altbaus auf der Händelstraße war mit Kriminalromanen zugestellt. Die Bücherregale reichten bis an die Decke und faßten trotzdem nicht die abertausend Krimis, die Horst gesammelt hatte. Nur die Küche war krimifrei. Horst zog zwei Frühlingsrollen aus dem Mikrowellenherd.

«Von wegen zwanzigtausend. Das sind gerade zwölftausendzweihundertunddreißig Mark!» Schmahl saß am Küchentisch, vor ihm lag das Geld.

«Und! Ist das nichts eh, Mann?»

«Für jeden sechstausendeinhundertfünfzehn.»

«Bitte! Für so'n Morgenspaziergang doch 'ne Menge.»

«Spaziergang? Du bist bekloppt. Das war haarscharf. Das war totale Scheiße!»

«Was ist daran Scheiße? Wo bist du, Mann? Du sitzt in meiner Küche und zählst die Kohle!» Horst biß in eine der Frühlingsrollen. Sie war zu heiß, und er verbrannte sich. «Scheiße! Wär'n wir nach dem Ding besser in Deutz geblieben und zum *Lommerzheim* gegangen. So muß ich hier so'n Dreck fressen. Die Koteletts beim *Lommerzheim*, echte Spitze, Mann!»

«Wir hätten nicht in den Zug steigen dürfen, nachdem die Bullen uns gesehen haben. Man muß seinen Plan ändern, wenn irgendwas schiefläuft.»

«Was soll denn schiefgelaufen sein?» Horst setzte sich an den Küchentisch und betrachtete ungeduldig seine Frühlingsrolle.

«Kapierst du das denn nicht? Die Bullen kommen ins DSG-Büro, schnallen, was gelaufen ist, ein Anruf in Deutz und die Bullen da holen uns aus dem Zug!»

«Haben sie aber nicht.»

«Haben sie aber nicht! Das sind vielleicht Sekunden gewesen und sie hätten uns am Arsch gehabt.»

«Hast du 'nen Bullen gesehen auf dem Deutzer Bahnhof? Ich nicht.»

Schmahl gab es auf. Der Blödmann badet sich in seinem Erfolg. Spielt den Boß. Kommt sich vor wie Graf Koks. Schmahl begann, seinen Anteil abzuzählen.

«Was machste da?»

Horst hatte Schwierigkeiten mit der Frühlingsrolle, deren Füllung beim Hineinbeißen seitlich herausquoll und auf seine Hose fiel. Schmahl zählte weiter.

«Scheiß-Loempia! Eh Mann, was machst du da?»

«Ich nehm mir meine Hälfte.»

«Moment, da geht was von ab.»

Um weitere Probleme mit der Frühlingsrolle zu vermeiden, schob Horst den Rest ganz in den Mund.

«Da geht was von ab? Was denn?»

Horst konnte nicht sofort antworten. Schmahl war fertig mit Zählen und ordnete die beiden Geldpakete.

«Meine Auslagen, Mann.»

«Auslagen?»

«Ja, die Knarren. Hab ich zwei Riesen für gelegt.»

«Zweitausend für diesen alten Schrott, der nicht funktioniert?»

«Deine Knarre tut's doch!»

«Höchstens tausend hat der Scheißdreck gekostet.»

«Das glaubst du nicht? Du traust mir nicht? Soll ich dir 'ne Quittung zeigen oder was?»

Schmahl starrte eine Weile seinen Geldpacken an. Dann zählte er tausend ab und schob sie zu Horst rüber. Horst stand auf und holte sich die zweite Loempia.

«Und dann sollten wir 'ne Gemeinschaftskasse anlegen, finde ich.»

«Eine was?»

«Gemeinschaftskasse. Rücklage für die nächsten Dinger.»

«Und du trägst das auf'n Sparbuch?»

«Machen Stick und Frank auch. Die bunkern ihre Rücklage in 'nem Waschpulverkarton.»

«Wer?»

«Stick und Frank, die Typen aus meinem Krimi.»

«Du kannst mich mal.»

14.

Ist das fette Arschloch schon wieder besoffen. Nachmittags um drei. Steht da, würfelt, säuft und läßt die Armleuchter in seinem Laden den Zaster anbaggern. Mit mir nicht mehr. Ich gehör nicht mehr zu den Idioten, die sich für 'nen Boß den Arsch aufreißen.

«Eh, Spaghetti! Ich denk, du bist krank?»

Wienand, der Besitzer der Lederboutique auf der Ehrenstraße, der jede Mittagspause in einer Kneipe auf der Pfeilstraße würfelte und Kölsch trank, hatte Horst erkannt.

«Ich heiß nicht Spaghetti.»

«Klar heißt du Spaghetti. Weil du ein Spaghetti bist. Trinkst du ein Kölsch, Spaghetti?»

Horst beschloß, das ‹Spaghetti› zu ignorieren. Hatte keinen Sinn, sich deswegen mit einem Besoffenen anzulegen. Hätte er früher vielleicht gemacht. Jetzt nicht mehr. Jetzt war coolness angesagt.

«Nein, kein Kölsch.»

«'ne heiße Milch?»

Wienand grinste zu seinen Würfelfreunden herüber, damit sie merkten, daß er einen guten Witz gemacht hat. Die tranken Kölsch und warteten darauf, daß es mit dem Würfeln weiterging.

«Also was ist? Biste krank oder nicht?»

«Ich hör auf.»

«Du hörst auf? Womit hörst du auf?»

«Ich kündige. Ab sofort. Jetzt ist der achtzehnte. Krieg ich noch die Hälfte von meinem Gehalt.»

Wienand stierte Horst an. Wienand war eigentlich nicht fett. Er war nur aufgedunsen. Der Bauch. Das Gesicht. Außerdem war sein Gesicht braun wie das eines Indianers. Nicht vom Sonnenstudio. Wahrscheinlich von der Leber. Wienand drehte sich zu seinen Freunden um.

«Wißt ihr, weshalb der nicht ‹Spaghetti› genannt werden will?»

Die Freunde waren daran nicht interessiert.

«Weil er 'n Itaker ist und kein einziges Wort Italienisch kann!»

«Cazzo!» sagte Horst.

«Wolltest immer schon was besseres sein. Richtig? Papa kommt aus dem tiefsten Mezzogiorno und schuftet sich bei Ford kaputt. Und du machst den feinen Pinkel. Richtig, Spaghetti?»

«Die Kohle, Wienand!»

«Du willst Geld? Was für Geld?»

«Du hast mich verstanden.»

«Also du hörst Knall auf Fall auf und dann willst du auch noch Geld?»

Wienand blies sich auf. Zeigte den Würfelfreunden, was für'n abgebrühter Geschäftsmann er war. Die kannten solche Nummern. Horst kam Wienand einen halben Schritt näher. Aber Wienand war immer noch einen Kopf größer als er und ließ sich von den Bodybuilder-Schultern nicht beeindrucken.

«Du wirst fett, Spaghetti», sagte Wienand und tippte mit dem Zeigefinger gegen Horsts Bauch.

Ihm eine verpassen? Nein. Cool bleiben, Junge. Das führt nur zu Verwicklungen. Und die kannst du im Moment nicht gebrauchen.

«Eh Wienand! – Sieh mich an, Wienand!» Das ist aus dem neuen Leonard. *Schnappt Shorty*. Super.

«Weißt du, was du mich kannst, Spaghetti?» Wienand sah ihn nicht an. Grinste zu seinen Kumpels herüber. Dann drehte er sich ganz zu ihnen um, ließ Horst einfach stehen. «Wo waren wir?»

Ihm jetzt eine verpassen? Laß es sein! Erledige das später. Es gibt wichtigere Dinge als die schlappen zwölf Scheine, die du von dem Arsch zu kriegen hast. Zur Not kannst du immer noch Hassan einschalten. Dann sind's zwar nur noch sechs Scheine, aber die Sache ist korrekt abgewickelt. Und du hast keinen Ärger.

«Du hörst von mir, Wienand», sagte Horst und ging aus der Kneipe, vom Licht der tiefstehenden Wintersonne geblendet.

Du bist jetzt 'ne ganz andere Nummer, Mann. Hast es nicht nötig, dich mit solchen verkrachten Existenzen anzulegen. Mußt dich auf deinen neuen Job konzentrieren, Mann. Du bist jetzt Gangster!

15.

Es war genauso wie beim letzten Mal. Die anderen Kinder waren schon weg. Fritzi und der kleine Junge warteten auf dem Bürgersteig vor dem Kindergarten. Dann sah Schmahl den Fiesta am Ende der Straße. Er stieg aus und ging langsam auf die Stelle zu, wo der Fiesta halten würde. Fritzi erkannte ihn sofort und rannte mit ausgebreiteten Armen auf ihn zu. Schmahl ging in die Knie, fing sie auf, hob sie hoch. Er hielt sie fest. Drückte sie. Fritzi preßte ihre Arme um seinen Hals. Eigentlich müßtest du jetzt heulen.

«Fritzi! Du kommst jetzt sofort ins Auto!»

Hatte die immer schon diese Stimme? Kaum vorzustellen. Die muß doch irgendwann mal eine andere Stimme gehabt haben. Fritzi rutschte langsam aus Schmahls Armen. Sie lief zum Fiesta, kletterte hinein und drückte von innen ihre Nase an die Scheibe.

«Ich muß mit dir reden, Barbara.»

«Du weißt doch genau, daß du bei Fritzi nichts verloren hast! Das weißt du doch, oder? Mach das noch mal, noch ein Mal, und du kriegst 'ne Anzeige, das kann ich dir versprechen!»

Diese Keiferei. Und dann immer noch diese nuttigen Glitzerklamotten. Hatte er früher drauf gestanden. Nicht zu fassen! So was tragen jetzt nicht mal mehr richtige Nutten. Goldschühchen! Klar, früher. Für 'nen schmierigen kleinen Schraubendreher, der bei Fleischhauer ein Dutzend Vergaser am Tag repariert, war Barbara eine Wahnsinnsfrau. Hatte aber auch gekostet. Zu viel gekostet.

«Okay, das nächste Mal die Anzeige. Aber jetzt hör mal zu.»

Barbara hielt ein paar Sekunden seinem Blick stand.

«Zahl zuerst deine Alimente!»

«Wieviel kriegst du?»

«Seit vier Monaten hast du nicht gezahlt. Macht dreieinhalb.»

«Dreizwei.»

«Hast du das im Knast gelernt? Rechnen?»

Schmahl zog die Geldrolle aus der Jeansjacke und zählte die dreizwei ab. Blieben von dem, was er heute morgen noch hatte, neunzehnhundert. Wenn er alle Spielschulden gezahlt hatte, war er fast wieder bei Null. Was soll's? Er gab ihr das Geld.

«Sonst noch was?»

«Ja.»

«Und?» Sie machte eine Bewegung zum Wagen. Signalisierte damit, daß sie keinen Bock hatte, mit ihm zu reden.

«Fritzi. Ich möchte sie trotzdem ab und zu mal sehen. 'nen Nachmittag oder so.»

Das war pure Bettelei. Wenn schon. Hauptsache, er legt keine Bettelstimme auf. Jetzt sah sie ihn an. Sie musterte ihn wie ein Paar Schuhe im Schlußverkauf.

«Du weißt, daß das nicht läuft. Ein Knastbruder und meine Tochter! Du hast kein Umgangsrecht.»

Benutzt die Scheiß-Anwaltssprache, um dich auf Distanz zu halten. Jedenfalls hat sie nicht ‹ein für allemal› gesagt. Endgültig ist das noch nicht.

«Barbara!»

Jetzt hätte er sich die Zunge abbeißen können. Auch wenn's nicht wie Gejammer geklungen hatte. Noch nicht mal wie 'ne Bitte. Aber es war eine.

«Einem, der nicht zahlt, soll ich meine Tochter geben? Wo lebst du?»

«Du sollst sie mir nicht geben. Ich will ab und zu mal 'n Nachmittag mit ihr in den Zoo oder ins Phantasialand. Entlastet dich doch auch.»

«Entlastet? Du läßt lächerliche achthundert im Monat rüberkommen, wenn überhaupt. Und dann sprichst du von Entlastung? Ich bin es, der sie hat. Tag und Nacht!» Jetzt wußte sie nicht mehr weiter, hatte sich verfranst.

«Was willst du?» fragte Schmahl.

«Was ich will? Ich will gar nichts. Ich will, daß du uns in Ruhe läßt.»

«Willst du Geld?»

Nicht zu erkennen, was sie denkt. Natürlich will sie Geld. Was sonst?

«Fünfhundert für'n Nachmittag mit Fritzi.»

«Du meinst, du könntest mich kaufen?»

«Ich würd's nicht so nennen.»

Sie schaute ihn noch einen Augenblick an, dann wandte sie sich zum Auto. Bevor sie einstieg, sagte sie: «Ruf mich morgen an. Ich überleg's mir.»

16.

«Schrei noch'n bißchen lauter, damit es jeder hört.»

«Erkennst du den? Also ich bin hundertprozent sicher, daß er's ist. Sieh dir das Bild an!»

Der *Express* lag aufgeschlagen auf der Theke im *Fitness-Treff*. Zöller schaute hinein, dann kurz zu Schmahl hinüber, der jetzt durch den Glasperlenvorhang ins Studio verschwand.

«Möglich.»

«Möglich? Hundertprozent. Die zwei haben hier, da drüben am Tisch, haben die das Ding ausgeheckt.»

«Wenn schon.»

«Wenn schon! Du bist 'n Bulle! Und dich interessiert das nicht, wenn hier bei mir zwei Gangster ihren Überfall planen?»

Horst lag unter seiner 75-Kilo-Hantel. Zehnerserien. Er stieß die Hantel nach oben, hielt sie kurz, ließ sie langsam wieder in ihre Verankerung sinken. Entspannung, Stoß. Er mußte schwitzen, schwitzen, schwitzen. Half wahrscheinlich trotzdem nichts. Scheiß-Fresserei. Auf seinem Sweatshirt zeichnete der Schweiß sich rasch ausdehnende schwarze Muster.

Schmahl zog einen Hocker heran, setzte sich neben Horsts Bank und blätterte den *Express* auf. Horst ließ die Hantel in den Anker sinken, pumpte, schloß die Augen. Schmahl hatte die Seite gefunden, faltete die Zeitung auf die Hälfte, hielt sie vor Horsts Gesicht. Horst konnte nichts sehen. Der Schweiß war ihm in die

Augen gelaufen. Ein brennender, feuchter Schleier verhinderte den Blick auf die beiden Zeichnungen.

«Noch eine Serie. Dann geh ich duschen. Treffen wir uns vorne.»

In der Bar waren drei Tische besetzt. Die Typen trugen Trainingsanzüge aus glänzendem Satin. Hell-lila, pink, helles Türkis. Babyfarben. Aber paßten gut zum Sonnenbankbraun ihrer Gesichter. Sahen aus wie Grillhähnchen in Geschenkpapier. Schmahl zog einen Barhocker an einen freien Tisch. Die Rothaarige tuschelte mit jemandem in einer schwarz-weiß karierten Popeline-Jacke. Dann setzte sie sich in Bewegung.

«Hallöchen! Bist ja fast schon Stammkunde hier. Und immer noch kein Sport?»

«Funktioniert die Espresso-Maschine wieder?»

«Oh, tut mir leid. Nein. Der Reparatur-Service läßt mich seit vier Tagen hängen.»

Schmahl sah hinüber zu dem Typen in der Popelinejacke, der sich schnell umgedreht hatte und ihm wieder den Rücken zuwandte.

«Und was ist mit dem Kölsch?»

«Die Kühlung tut's wieder.»

«Krieg ich 'n Kölsch.»

Monika legte die vier grünlackierten Fingernägel ihrer rechten Hand auf Schmahls Lederjacke.

«Was ist denn mit dir los, Schätzchen? Gefällt's dir nicht bei mir?»

«Alles klar.» Schmahl schüttelte den Kopf.

«Du solltest wirklich ein bißchen Sport machen. Das stände dir wirklich gut. Bist doch sonst 'n alerter Typ.»

Während Monika das Kölsch zapfte, lächelte sie zu Schmahl hinüber. Und sprach mit Zöller.

«Jetzt ist alles klar. Er ist es! Er hat die gleichen Jogging-Schuhe an, wie es im *Express* steht.»

«Hab ich auch gesehen. Ganz blind bin ich nicht.»

«Schnapp sie dir, Zöller! Zock ihnen die Möpse ab. Zwölftausend, steht im *Express*.»

Zöller zog sich den *Express* näher heran und schaute wieder auf die Bilder. Er stützte dabei das Kinn in die Linke, sein Blick wanderte zu den Pokalen gegenüber im Regal. Er blickte durch sie hindurch.

Gleichzeitig mit Monika kam Horst an Schmahls Tisch.

«Hallöchen!»

Nimmt das kein Ende?

«Hallöchen», sagte Horst, der jetzt auch in einem bonbonfarbenen Trainingsanzug steckte.

Der ist so dämlich.

Als Monika wieder an der Bar war, zog Schmahl den *Express* aus der Lederjacke und legte ihn vor Horst auf den Tisch. Horst stierte eine Weile darauf, las, schaute sich die Bilder an, las wieder, schaute wieder auf die Bilder.

«Mein Gott! So eine häßliche Fresse hab ich doch wirklich nicht. Oder?»

So denkt der, so beschissen dämlich denkt der.

«Ich finde, für 'ne Zeichnung oder 'n Phantombild sind das ziemlich gute Porträts.»

«Scheiße», sagte Horst.

«Aha. Du kapierst es allmählich auch.»

«Was soll ich denn da groß kapieren? Schön. Zwei beschissene Zeichnungen, auf denen uns kein Mensch wiedererkennt. Na und?»

«Zwei verdammt gute Zeichnungen.»

«Wenn meine Nase nicht mehr so dick ist, erkennt mich kein Mensch.»

«Sie ist aber noch dick.»

«Und dich erkennt sowieso keiner. Mit so 'nem Allerweltsgesicht.»

«Was für'n Gesicht?»

«Allerweltsgesicht. Eins, das jeder hat. Eben nichts Markantes oder so.»

Der Typ ist blöd. Gefährlich blöd. Den darfst du eigentlich keinen Moment aus den Augen lassen. Der meint, er wäre jetzt Weltmeister, weil er aus dem Ding mit 'nem Schnitt rausgekommen ist. Hat Oberwasser. Hat Oberwasser, und deswegen wird der Scheiße bauen.

«Von Masken oder sowas hast du nie gehört? Nylonstrumpf, Wollmütze oder so? Und das da wäre nie passiert.» Schmahl klopfte auf den *Express* in seiner Lederjacke.

«Masken? Quatsch! Stick und Frank haben ihre Dinger immer ohne so'n Kinderkram durchgezogen.»

Schmahl wollte etwas sagen. Dann ließ er es sein. Der wird Scheiße bauen. Auch wenn du dich jetzt von dem trennst, baut der Scheiße. Gerade, wenn du dich von dem trennst. Und dann fällt er auf die Schnauze und reißt dich mit rein. Verpfeift dich, ohne mit der Wimper zu zucken. Schmahls Blick wanderte von Horst auf die Grillhähnchentypen und von da zur Theke, wo die Rothaarige immer noch mit dem Typen in der Popeline-Jacke quasselte und vergessen hatte, Horst zu fragen, was er trinkt.

«Ich hab übrigens 'ne neue Idee», sagte Horst. «Ein hundertprozentiges Ding, garantiert!»

17.

«Der ganze Laden wird doch ständig von Kameras überwacht! Wie stellst du dir das vor, wenn wir da stundenlang rumstehen und die Schalter beobachten?»

«Du hast überhaupt keine Ahnung. Warst du überhaupt schon mal da drin?» Horst war immer noch in Weltmeisterstimmung. Für ihn war das Ding schon so gut wie gelaufen. Ist wirklich ein Kinderspiel. Und das Irre ist, daß sowas noch in keinem seiner Krimis gebracht wurde. Selbst Stick und Frank sind nicht auf die Idee gekommen!

«Ich brauch da nicht drin gewesen zu sein, um zu wissen, wie's da abgeht», sagte Schmahl.

Schmahl konnte kaum Schritt halten, so energisch watschelte Horst auf den Rudolfplatz zu. Auf dem Ring schlug ihnen ein kalter, feuchter Wind entgegen. Es war jetzt Freitagmittag. Trotz des schlechten Wetters war eine Menge Leute unterwegs. Dichter

Stau in beide Richtungen. Alles drängte schon ins Wochenende.

Freitag war der beste Tag, hatte Horst behauptet. Wenn einer Bargeld abhebt, dann am ehesten freitags. Zum Beispiel, um am Wochenende einen Gebrauchtwagen zu kaufen. Und im übrigen käme ihnen auch das Freitagsgedränge auf den Straßen entgegen. Leicht unterzutauchen. Die Fußgängerampel zeigte Rot. Gegenüber der Hauptgeschäftsstelle der Stadtsparkasse blieben sie stehen.

«Es gibt da Bildschirme mit den aktuellen Aktienkursen», sagte Horst. «Da steh'n immer 'ne Menge Typen rum. Und da stellen wir uns zu und beobachten von da aus die Schalter. Total unauffällig.»

«Wir werden's sehen», sagte Schmahl. Vielleicht war die Idee so schlecht nicht. Das Hauptproblem würde darin bestehen, am Schluß tatsächlich an die Kohle ranzukommen. Wie immer.

Die Ampel sprang auf Grün. Sie überquerten den Ring und gingen in die Stadtsparkasse hinein. In der Mitte des hinteren Teils der riesigen Schalterhalle waren die Terminals und Bildschirme mit den Aktienkursen. Am Eingang trennten sie sich. Horst schlenderte links an den Serviceschaltern vorbei, Schmahl rechts herum. Vor den Kassenschaltern an den Seiten standen Schlangen. An jeder Seite waren nur drei Schalter geöffnet. Sie trafen sich wieder am Reuters-Terminal bei einer Gruppe von Männern, die vor den Bildschirmen herumstanden und miteinander diskutierten. Keiner von ihnen sah aus wie ein Broker. Aber sie redeten so. Horst näherte sich dem grünschimmernden Bildschirm und tat so, als suchte er etwas Bestimmtes in dem Wirrwarr von Kürzeln und Zahlen.

«Gibt noch keine Schlußnotierungen», sagte einer der Freizeitbroker. Ein Rentner mit grauem Schnurrbart und karierter Schlägermütze.

«Ach so», sagte Horst und starrte weiter auf den Bildschirm.

« Die Schlußnotierungen gehen erst um dreizehn Uhr dreißig durch.» Der Alte schien froh zu sein, jemanden gefunden zu haben, dem er was erzählen konnte.

«Ach ja?» sagte Horst. «Ich hab noch nicht so viel Ahnung.»

«Seit ich die Rente hab, bin ich jeden Tag hier», sagte der Alte.

Schmahls Blick wanderte zu den Kassenschaltern. Scheiß-Idee, hier am Computer rumzustehen. Er sah nur die Rücken der Kunden, nicht das, was sich vor ihnen am Schalter abspielte. Geschweige denn das Geld, das der Kassierer hinter der Scheibe ihnen durchschob. Am Kopf der rechten Kassenschalter-Reihe stand ein Geldautomat. Davor drei Leute, zwei junge Frauen, ein Mann im blauen Regenmantel. Schmahl ging hinüber, stellte sich in die Reihe, hinter den Typ im Regenmantel. Der Platz war ideal. Er konnte dem Kassierer im nächsten Schalter genau auf die Finger sehen.

Haben die Arschlöcher etwa einen Banküberfall vor? Totale Idioten! Und dann noch hier, in der Zentrale. Mindestens zwanzig Kameras halten jede Bewegung, jedes Gesicht im Schalterraum fest. Hundert Kunden, fünfzig Angestellte. Das ist doch wohl nicht drin. So bescheuert kann doch überhaupt keiner sein.

Zöller saß in einem der violett gepolsterten Velour-Sessel, die im Kundenberatungsbereich der Halle herumstanden. Viele Leute saßen in den violetten Sesseln ringsum und warteten, bis ein Kundenberater sie heranwinkte. Vorsichtig zog Zöller die Sony aus der Jackentasche und fummelte sie so zurecht, daß sie zwischen dem Unterfutter seiner Jacke und dem Pullover halbwegs verborgen war, festgeklemmt zwischen linkem Oberarm und Brustkorb. Kaum zu sehen. Die Frage war bloß, wie er das Ding in dieser Lage bedienen sollte. Was sollte er mit unscharfen Aufnahmen, auf denen kein Mensch zu erkennen war. Vor allem nicht die zwei Arschlöcher. Hätte er vielleicht doch vorher mal ausprobieren sollen.

Seit drei Tagen läuft der kleine Fette durch die Stadt, kauft Krimis und verschwindet dann in seiner Bude. Abends das Eisenfressen im *Fitness Treff*, wieder nach Hause. Wenn die beiden Typen heute nicht losgetigert wären, hätte er das ganze Ding schießen gelassen. Im Präsidium glaubte ihm das bald kein Mensch mehr, wenn er sich die halbe Schicht für irgendwelche Observationen abmeldete.

Ohne runterzusehen, bewegte Zöller den Zoom der Sony und behielt dabei den Schmalen im Auge, der jetzt am Geldautomat an der Reihe war. Jetzt müßte er seine Scheckkarte reinstecken. Zöller drückte auf den Auslöser.

Wieso guckt der Blödmann kein einziges Mal rüber? Quasselt da stundenlang mit den Idioten vor dem Computer und guckt kein einziges Mal rüber! Schmahl tat so, als ob er in der Innentasche seiner Lederjacke sein Portemonnaie suchte. Wenn ihn jemand beobachtete, müßte dem natürlich auffallen, daß er das jetzt erst tat. Er hatte lange genug in der Reihe gestanden, um seine Scheckkarte bereithalten zu können. Wenn er eine gehabt hätte. Schmahl durchgrub das Portemonnaie. Hinter ihm räusperte sich eine alte Schachtel, Duftnote Tosca, der es zu lange dauerte. Natürlich fand er keine Scheckkarte. Zumindest keine, die er da hätte reinstecken können. Resigniert stopfte Schmahl sein Portemonnaie zurück in die Lederjacke und wandte sich vom Geldautomaten ab. Die Alte hinter ihm blies hörbar Luft aus der Nase. Schmahl stellte sich in die Schlange vor dem nächsten Kassenschalter. Letzter Versuch. Bisher noch keiner, der mehr als höchstens sieben, acht Scheine abgeholt hätte. Er blickte sich zum Reuters-Terminal um. Horst war nicht mehr da. Schmahl wagte nicht, sich weiter nach ihm umzusehen. Er spürte die Objektive der Überwachungskameras auf seiner Haut. Jede einzelne Bewegung, die er machte, jeder Blick wurde registriert. Schmahl starrte auf den Kassierer hinter der Scheibe. Sah, wie er auf die Tasten des Computers tippte. Sah, wie er seinen Drehstuhl zurückfuhr, um an das Geld in der Kasse zu kommen. Sah, wie er das Geld vor sich auf dem Schaltertresen abzählte. Läppische zwei Scheine von einem Sparbuch. Der Schaltertyp klappte das Sparbuch zusammen, fuhr damit durch den Schlitz über der Tastatur, kontrollierte den Bildschirm und schob das Sparbuch zusammen mit den zwei Scheinen unter der Scheibe durch. Der nächste! Schmahl hatte lange genug in der Reihe gestanden, um sich jetzt noch einmal gelangweilt umblicken zu können. Von Horst, dem Blödmann, keine Spur. Schmahl drehte sich ganz um. Horst stand unmittelbar hinter ihm. Schmahl wandte sich wieder nach vorn, ging einen halben Schritt in der Schlange voran.

«Der muß es sein!» hörte er Horst hinter sich zischen. Schnauze, Blödmann! Der Kassierer hatte jetzt ein leicht besorgtes Gesicht aufgesetzt, die Augenbrauen eine Spur höher gezogen. Er schob sich vom Computer weg Richtung Kasse. Dann zählte er. Drehte dabei dem Schalter den Rücken zu. Horst hatte Recht.

Mußte ein Haufen Kohle sein. Sollte niemand sehen, daß es so viel war. Woher wußte der Blödmann das? Schmahl versuchte, einen Blick auf den Kunden zu werfen, der die Kohle abhob. Er sah nur seinen Rücken. Einen ziemlich breiten Rücken in einer Wildlederjacke. Darüber eine blonde Minipli-Mähne. Der Kassierer war fertig mit Zählen, hatte die Kohle in einen bunten Umschlag gesteckt, einen jetzt reichlich prallen Umschlag, den er unter der Scheibe durchschob.

«Mir dauert das zu lange!» hörte Schmahl Horst hinter sich sagen, ziemlich laut. Das Mädchen, das vor Schmahl in der Reihe stand, ein anämisches Wesen mit dünnen fahlen Haaren, drehte sich um. Auch Schmahl wandte sich um. Horst war aus der Schlange raus, ging auf den Hauptausgang zu. Jetzt war auch der Minipli-Typ vom Schalter weg. Was ist, wenn er zum anderen Ausgang geht? Tat er nicht. Er ging in die gleiche Richtung wie Horst.

«Dauert mir auch zu lange», sagte Schmahl, weniger laut als Horst. Das Mädchen vor ihm drehte sich wieder um, sah ihn an. Scheiße. Scheiße, daß sie beide aus der Schlange abhauen. Und beide gesehen werden. Aber er war schon raus, weg vom Schalter, dem Minipli-Typen hinterher.

18.

Schmahl kam es vor, als liefen sie dem Minipli schon zehn Kilometer lang nach. Dabei waren sie ihm lediglich über den Ring und ein Stück die Lindenstraße hinunter gefolgt. Horst vorn, fünfzehn Schritte hinter ihm Schmahl. Komm, Mann, mach! Steig irgendwo in 'ne Karre oder geh in ein Haus rein oder sonstwo in 'ne Nebenstraße, aber bloß weg von diesem scheiß-breiten Bürgersteig! Von wegen Freitagsgedränge auf den Straßen. Kein Mensch weit und breit. Engelbertstraße wäre gut, da gibt es 'ne Menge unübersichtlicher Ecken. Der Minipli überquerte die Engelbertstraße, überquerte die Händelstraße, ließ das *Café Central* links liegen und bog dann rechts in die Brüsseler Straße ein.

Horst schloß näher auf, verkürzte im Eilschritt den Abstand von fünfzehn auf zehn, jetzt auf sieben Meter. Schmahl hielt seine alte Distanz. Was macht der Blödmann? Der wird den doch nicht auf offener Straße anhauen? Der Minipli war ein gewaltiger Brokken. Mindestens einsfünfundachtzig. Und mächtig breit. 'n Opa oder so, gut, aber so einem Brocken nahm man nicht mitten auf der Straße die Kohle ab. Der Minipli war jetzt an seinem Wagen. Ein dunkelblauer Benz, S-Klasse, flachgelegt. Meine Güte. Schmahl sah den Typen jetzt von vorn, wie er die Fahrertür öffnet. 'n richtiger Gangster. Schrotthändler. Zuhälter. Schwere Goldketten am Hals und am Armgelenk. Und 'ne Fresse wie'n Bullterrier.

Horst war ein Stück weitergegangen, als der Minipli zu seinem Wagen abdreht hatte. Jetzt machte er kehrt, war hinter dem Minipli, der gerade die Fahrertür des Benz geöffnet hatte. Horst drückte ihm die Kanone in die Seite.

«Wenn ich Sie bitten dürfte! Das ist ein Überfall. Und in meiner Hand, was da gegen ihren Magen drückt, eine Neunmillimeter-Pistole. Widerstand ist also zwecklos. Und jetzt die Scheine. Bitte!»

Der Minipli hatte genug Zeit, um sich während Horsts Redeschwall den Kleinen vor sich genauer anzusehen. Sein Gesicht zeigte nicht die Spur einer Reaktion.

Hoffentlich hält der Akku. Das fehlte noch: mitten im schönsten Überfall den Akku wechseln. Zöller war froh, daß er endlich den Sucher benutzen, richtig draufhalten konnte. Er stand in einem Hauseingang auf der Brüsseler Straße. Hatte den kleinen Dicken voll im Visier, wie er den Kerl vor dem Mercedes anhaut. Den Schmalen sah er nicht. Zöller hielt die Kamera auf den Kleinen, der irgendwas quasselte. Tolle Sache, so'n Zoom, gestochen scharfes Bild. Zöller zog mehr auf, um die ganze Szene zu haben. Den Schmalen hatte er immer noch nicht drin. Was machte der?

Jetzt schien der Kleine zu Ende gequasselt zu haben. Wartete wohl drauf, daß der Blonde ihm die Kohle gab. Zöller holte sich die beiden Gesichter wieder näher ran. Im Gesicht des Blonden keine Reaktion. Er starrte den Kleinen bloß an. Sonst nichts. Zack! Sein Kopf machte eine ruckartige Bewegung nach vorn. Und Zack! Nochmal. Kopfnuß. Perfekt! Ansatzlos. Muß Nackenmuskeln haben wie'n Stier. Die Fresse des Kleinen ist blutüberströmt. Hält sich mit beiden Händen die Nase. Geht in die Knie. Zöller zog weiter auf. Jetzt sah er am linken Bildrand den Schmalen. Der war stehengeblieben, hatte sich angesehen, wie der Kleine zu Boden geschickt wurde. Und ging jetzt tatsächlich weiter! Unglaublich. Jeder andere beschissene kleine Ganove wäre seinem Kumpel zur Hilfe gekommen. Und dann hätt's einen Mordsaufstand gegeben. Und der geht einfach weiter! Eigentlich Klasse. Zöller zoomte auf den Mercedes. Der Blonde rollte den Kleinen mit einem Tritt zur Seite und setzte sich hinters Lenkrad. Startete und fuhr weg. Nicht zu fassen.

19.

«So'n Typ wie du steht doch auf Rock'n Roll, oder?»

«Musik?»

«'ne Klasse-Band: *Heads Up*. Die hab ich schon mal beim Open Air am Nürburgring gesehen. Echt toll!»

«Hab keine Ahnung von Musik.»

«Ist doch nicht möglich. Die gehen echt ab, die Jungs, sag ich dir, solltest du dir wirklich ansehen.»

«'n bißchen Rolling Stones, früher die Doors. Hat mich aber eigentlich nie so richtig interessiert, Musik.»

«Die Doors? Na ja. Sollen wieder in sein. Bin ich aber nie richtig drauf abgefahren. Irgendwie zu soft.»

«Soft?»

Schmahl war beim dritten Kölsch. Die Bar im *Fitness-Treff* war leer, die Eisenmänner lagen alle noch unter ihren Hanteln. Auch Horst. Monika hatte sich neben Schmahl vor die Bar gesetzt. Über ihrem safrangelben Stocking trug sie einen sehr weiten smaragdgrünen Mohair-Pullover mit großzügigem Ausschnitt. Will ihre Titten unter keinen Umständen verbergen. Läßt sie ganz schön auf- und niedergehen, bei jedem Atemzug. Fünfzehn Zentimeter vor Schmahls Augen. Schmahl schaute ab und zu hin. Ohne BH, klar. Unter den Stocking paßte kein BH mehr. Als sie dann die grünen Fingernägel auf seine Jeans legte, spürte Schmahl, daß ihm allmählich einer wuchs. Der Tussi geht's überhaupt nicht um die Scheiß-Musik! Dann erschien Horst. Seine Nase hatte wieder ihr weißes Häubchen, das Gesicht war diesmal fast zur Hälfte mit Leukoplast zugeklebt. Auf der Stirn blühte eine dicke, blaugelb gefärbte Beule. Horst blieb kurz vor Schmahl an der Bar stehen. Sauer.

«Geh'n wir.»

«Ich muß noch zahlen.»

«Geht auf's Haus», säuselte Monika.

«Danke.»

«Also denk dran. Komm doch nachher ins *Luxor*, wenn du Lust hast. Die Band ist wirklich toll!» Monika winkte Schmahl zu, und dabei rutschte ihr der Mohair-Pullover von der linken Schulter.

Horst wartete draußen.

«Haste keinen Wagen dabei?»

«Nein. Bin zu Fuß.»

Schweigend gingen sie die Sömmeringstraße bis zur Venloer, dann die Venloer stadteinwärts runter. Der Feierabendverkehr war abgeklungen, nur wenige Autos kamen ihnen entgegen. Feine Tropfen eines ununterbrochenen Nieselregens reflektierten in den Scheinwerfern, wurden vom Fahrtwind hochgepeitscht und zischten ins Dunkel. Die wenigen Leute, die ihnen auf dem Bürgersteig begegneten, wollten schnell nach Hause. Es wurde von Tag zu Tag kälter. Und feuchter. Schmahl zog den Reißverschluß seiner Lederjacke hoch. Horst griff sich ab und zu an das Häubchen auf seiner Nase, während er neben Schmahl Schritt zu halten versuchte. Dann knöpfte er sein Bomberblouson zu. An der Inneren Kanalstraße warteten sie vor der roten Fußgängerampel. Schmahl sprach als erster.

«Ich bin blank.»

Horst wartete eine Weile mit seiner Antwort. Die Ampel sprang auf Grün und sie gingen.

«Leck mich», sagte Horst.

Schmahl schwieg. Es wird maximal zwanzig Sekunden dauern, bis der einen weiteren Kommentar abgibt. Nach zwölf Sekunden sagte Horst:

«Du bist blank? Vor 'ner Woche hatteste noch sechs Riesen. Was machste damit? Frißte die?»

«Hab Verpflichtungen.»

«Verpflichtungen?»

«Also was ist? Kannste mir 'n paar Scheine pumpen oder nicht?»

«Mann eh! Du hast vielleicht 'n Nerv! Siehst zu, wie ich Prügel krieg. Hilfst mir nicht, wie ich in der Scheiße liege, gehst einfach weiter. Läßt mich im Dreck liegen. Läßt mich einfach hängen, Mann. Und dann haste den Nerv, mich anzupumpen?»

«Hast du dir mal überlegt, was passiert wäre, wenn ich mich da eingemischt hätte?»

«Klar. Dann bräuchtest du mich jetzt nicht anzupumpen, Mann. Dann hätten wir's geschafft, dem Arsch die Kohle abzunehmen.»

«Du bist dermaßen was von beschränkt. Wenn ich mich da eingemischt hätte, dann hätte es in drei Minuten einen Mordsaufstand gegeben. Wenn der Typ von deiner Kanone nicht beeindruckt war, meinst du, der wäre vor meiner auf die Knie gefallen?»

«Hättest ihm paar vor die zwölf geben können.»

«So einfach stellst du dir das vor?»

Horst befühlte wieder seine Nase.

«Haste bei mir doch auch geschafft.»

Schmahl blickte zu Horst hinüber, an ihm herunter, ein Blick von oben, der ihm die Antwort ersparte.

«Auf jeden Fall», sagte Schmahl, «hätte das alles ein Riesentheater gegeben, mitten am Tag auf der Straße. So ist die Sache eben geplatzt. Schmerzlos über die Bühne. Ende.»

«Schmerzlos?» Horst schüttelte verbittert den Kopf. Hielt dann aber inne, weil es ihm weh tat. Sie gingen durch die Unterführung am Westbahnhof und weiter Richtung Friesenplatz. Vor dem *Bocadillo* sagte Schmahl: «Geh'n wir noch 'n Espresso trinken?»

«Gibt's da was zu essen?»

«Bocadillos. Steht doch dran.»

«Bocadillos?»

«Brot mit was drauf. Wurst oder so.» Schmahl versuchte, geduldig mit dem Blödmann zu sein.

«Brot?»

«Ja, Brot.»

«Wieso heißt'n das Bocadillo?»

Sie waren im Laden, der nur viertelvoll war. Pärchen, die die Köpfe zusammensteckten. Die Typen erzählten ihren Bräuten was über den Intercooler im neuen Manta, und die Bräute hörten zu, als ginge es um Familienplanung. Schmahl überlegte, ob er Horst einen Manta-Witz erzählen sollte.

«Bocadillo ist Spanisch. Frag den Typen», sagte Schmahl.

Sie setzten sich am Eingang in eine Nische. Der Barmann sah sie fragend an.

«Was ist das da hinten?» Horst deutete auf zwei Crêpes, die auf einer Warmhalteplatte lagen.

«Crêpes», sagte der Barmann. «Soll ich Ihnen eine Karte geben?»

Horst griff nach der Karte, als ginge es ums Überleben. Schmahl bestellte einen Espresso. Als die Crêpes kamen, machte Horst sich sofort darüber her. Unglaublich, wie der frißt. Schmahl schaute von Horsts Teller weg und bestellte sich noch einen Espresso.

«Okay, Mann. Wieviel brauchst du?» fragte Horst mit vollem Mund.

Wahrscheinlich läßt sich der Blödmann nur durch Fressen beruhigen.

«Fünf Scheine», sagte Schmahl.

«Okay. Obwohl ich immer noch meine, du hast Scheiße gebaut.»

Schmahl sagte nichts. Soll ich's ihm buchstabieren oder was? Und im übrigen ist es vielleicht gar nicht so schlecht, daß der paar vor die Nuß gekriegt hat. Das dämpft den hoffentlich. Vorerst jedenfalls.

Horst kratzte die letzten Krümel Gehacktes von seinem Teller und sagte: «Ich hab übrigens 'ne neue Idee.»

«Nein.»

«Wie nein? Mann, eh!»

«*Ich* hab 'ne Idee!»

20.

Die Band im *Luxor* machte offenbar Pause. Auf der Straße vor dem Laden standen trotz des Regens zwei Dutzend Leute in schwarzen Klamotten herum, hatten ihr Kölsch mit herausgenommen, redeten irgendwelchen Stuß über Bands, Musiker, Platten, deren Namen Schmahl noch nie gehört hatte. Er kriegte einen Schuß Kölsch über die Hose, als er sich einen Weg zum Eingang bahnte. Ein kleiner untersetzter Rausschmeißer mit rasiertem Schädel machte Gesichtskontrolle. Er musterte Schmahl kurz, ließ ihn durch. ‹Allerweltsgesicht›, fiel Schmahl ein. Im vorderen Teil des *Luxor* drängten sich die Leute, über deren Köpfen sich dichte Rauchschaden zu einer unbeweglichen, festen grauen Wolke zusammengebraut hatten. Der Sauerstoffmangel schlug wie ein einstürzender Neubau gegen Schmahls Lungen. Er zog die Revalschachtel aus der Jacke und steckte sich eine Zigarette an. Monika war nicht zu sehen. Schmahl kämpfte sich in Richtung Bühne durch. Mußte tatsächlich 'ne gute Band sein. Monika stand vor einem Bierausschank, mit dem Gesicht zum Gang, die Ellbogen rückwärts auf den Tresen gestützt.

«Wußte ich doch, daß du kommst.»

Schmahl sah jetzt zum ersten Mal, daß die Winkel ihres Mundes sich beim Lächeln statt nach oben nach unten bewegten. Ganz leicht nur. Könnte man auch für'n Schmollen halten. Richtiges Lächeln war das nicht.

«War ziemlich lange nicht mehr in so 'nem Laden», sagte Schmahl.

Monika machte ihm Platz am Tresen. Schmahl quetschte sich zwischen sie und einen Typen in einem verschlissenen Parka, der im Abstand von einer halben Minute der Bedienung zurief: «Und was ist mit meinem Bier?» Erfolglos.

«Und wie ist die Band?» fragte Schmahl, der gar nicht erst den Versuch unternahm, an ein Getränk zu kommen.

«*Heads Up*? Geht. Haut nicht so rein wie auf dem Nürburgring damals. Aber vielleicht liegt's auch nur daran, daß ich da total bedröhnt war. Warst du schon mal auf 'nem Open Air?»

Joe Cocker röhrte durch die Lautsprecher. Verzerrt und undeutlich durch das Stimmengewirr im Laden, aber immer noch so laut, daß Schmahl ziemlich nahe an Monikas Ohr mußte.

«Du kiffst?»

Monika griff nach Schmahls linker Hand, mit der er sich am Tresen abstützte. Umklammerte sie, sanft, aber doch mit bestimmendem Druck.

«Was sind denn das für drei blaue Punkte auf deiner Hand? Was bedeutet das?»

Schmahl spürte ihren Atem an seinem Ohr.

«Nichts Besonderes. Hab ich mir mal aus Langeweile machen lassen.»

«Als du im Knast warst?»

Schmahl schaute sich die Leute an, die an ihnen vorbeidrängten.

«So was läßt man sich doch im Knast machen, oder?»

«Schon möglich», sagte Schmahl.

Monika schob sich näher an Schmahl, als es die Enge vor dem Tresen erforderte. Sie hob seine Hand an ihr Gesicht. Schmiegte es in seine Handfläche.

«Ich mag dich.» Zärtlich nahm sie sein Ohrläppchen zwischen die Zähne. Mit seiner Hand rieb sie ihre rechten Brust. Führte die Hand dann weiter nach unten und preßte sie, zusammen mit ihrem festen Venushügel, an seinen Oberschenkel. Schmahl hatte einen solchen Steifen, daß er seine Position am Tresen verändern mußte, damit es nicht unangenehm wurde.

«Geh'n wir?» fragte Monika.

«Wohin?»

Sie hatte seine Hand losgelassen. Er spürte ihren festen Griff auf der Schwellung seiner Jeans.

«Zu dir», sagte Monika.

Die Kälte draußen regte ihn ab. Nach fünf, sechs Schritten konnte Schmahl wieder normal gehen. Monika hatte nur eine Leinenjakke, die nach zweihundert Metern durchnäßt war. Der Taxistand vor der Stadtsparkasse am Barbarossaplatz war nicht besetzt. Monika schlang ihre nasse Jacke um sich, was auch nichts mehr half. Sie bibberte.

Was will die Braut? Schmahl versuchte, sich eine Zigarette anzustecken. Es hatte keinen Sinn. In dem Augenblick, wo er das Feuerzeug an der Zigarette hatte, war sie naß. Schmahl warf sie weg. Scheiß Anmache! Die will überhaupt nicht ficken. Die will was ganz anderes. Wieso fragt die nach dem Knast?

Monika hängte sich bei ihm ein. Umklammerte ihn, zuerst mit einem, dann mit beiden Armen und bibberte weiter. Auf der anderen Seite des Barbarossaplatzes erschien ein Taxi mit eingeschalteter Taxi-Leuchte auf dem Dach. Hielt an der roten Ampel.

«Ich bin so heiß», sagte Monika, deren kunstvoll asymmetrische Frisur sich in einen nassen dunklen Mop aufgelöst hatte. Schmahl brauchte sie gar nicht erst anzusehen, um zu wissen, daß das nicht stimmte, was sie sagte.

Das Taxi fuhr an, steuerte auf den Halteplatz zu und hielt vor ihnen. Schmahl öffnete die hintere Wagentür, ließ Monika hinein. Einen Augenblick hielt er die Tür in der Hand, schaute auf Monika, die weiter zitterte. Dann schlug er die Tür zu und ging über die Straße.

21.

16:01:17. Der dritte Aufzugskorb, der runterfuhr und so voll war, daß niemand mehr reinpaßte. Diesmal eine Ladung aus dem 1. Kommissariat. Ist ja interessant, daß die auch so pünktlich Feierabend machen. Dabei tun sie immer so, als wären sie was Besonderes. Zöller grinste in die müden Beamtengesichter der Mordkommissare, die böse zurückblinzelten, weil er unnötigerweise den Aufzug angehalten hatte. Weiß doch jeder, daß man um die Zeit im Präsidium besser die Treppe nimmt, wenn man nicht gerade vom zwölften Stock kommt. Zöller gönnte sich noch den Spaß, eine Aufzugsladung aus dem 14. Kommissariat anzuhalten, dann gab er es auf und nahm die Treppe.

Aus dem Flur des 7. Kommissariats kam ihm Jürgen entgegen. Zöller blieb stehen. Jürgen war keiner seiner Kunden, ab und zu vielleicht mal gut für einen Tip, aber in den letzten Jahren noch nichtmal mehr das. Jürgen wurde immer bekloppter. Ließ sich mittlerweile nur noch ‹Monsignore› nennen. Jürgen war stinksauer.

«Was ist, Monsignore? Kommst du mal wieder von 'ner Vorladung?»

«Scheißbullen.»

Jürgen trug gedeckte Anthrazittöne. Dunkelgrauer Regenmantel, schwarzer Anzug, dunkelgrauer Pullover, weißes Hemd. Die Kragenspitzen des Hemdes waren unter dem hochschließenden Pullover versteckt. Sah wirklich aus wie ein halbprivater Pfaffe. Vor allem mit der Frisur. Halblange graumelierte Haare, zurückgekämmt und über dem Kragen sauber abgeschnitten. Die Brille mit einem Kassengestell aus den fünfziger Jahren. Dazu dieses bleiche, säuerliche Gesicht. Der roch sogar wie ein Pfaffe.

«Na, na», sagte Zöller. Er ging weiter, schob den Monsignore mit sich. Sie gingen die Treppe hinunter. Jürgen schüttelte sich.

«Amtsanmaßung! Es ist unglaublich, ausgerechnet mich mit einem solchen Vorwurf zu konfrontieren!»

Zöller grinste.

«Wieso Anmaßung? Verstehen Sie das, Herr Hauptkommissar? Was soll an-ma-ßend daran sein, wenn ich alten, armen, einsamen Menschen Trost zukommen lasse? Sagen Sie mir das, sagen Sie's mir! Wer sonst tut es? Wer sonst?» Jürgen brach ab, blieb auf der Treppe stehen. Es sah so aus, als stünde er kurz vor einem Weinkrampf.

«Hast Recht, Monsignore», sagte Zöller und schob den falschen Pfaffen weiter die Treppe hinunter.

«Was soll an-ma-ßend daran sein», fuhr Jürgen fort und schluchzte jetzt tatsächlich, «wenn ich den Hinterbliebenen unserer lieben Verstorbenen Mut mache, sie aufrichte? Was dabei ist böse? Ich tue doch nur Gutes!»

«Das dürfen nur Pfaffen, Monsignore. Beerdigung, Letzte Ölung und so'n Quatsch. Und du bist kein Pfaffe.»

«Ha!»

Das schien ein Punkt zu sein, über den Jürgen sich immer schon einmal ausführlicher hatte auslassen wollen. Er blieb wieder stehen. Sein bleicher Zeigefinger streckte sich anklagend in die Höhe.

«Die Amtskirche! Die Amtskirche ist die eigentliche Amtsanmaßerin, so wahr wie ich hier stehe, Herr Hauptkommissar! Schauen Sie sich doch einmal um in dieser verknöcherten Institution, die sich Kirche nennt!»

«Lieber nicht.» Zöller verlor allmählich die Geduld mit dem Spinner. Er packte ihn wieder am Arm. Doch Jürgen war nicht zu bewegen. Auch der Zeigefinger seiner anderen Hand reckte sich nun gegen die Decke.

«Mein ist die Rache, spricht der Herr. Und ich bin sein Werkzeug!» Jürgen ließ wie von einer übergroßen Anstrengung erschöpft beide Arme sinken und sich von Zöller ein Stockwerk tiefer führen.

«Was hast du vor?»

«Rache üben, Herr Hauptkommissar. Bittere Rache. Darauf können Sie sich verlassen. So wahr mir Gott helfe, Herr Hauptkommissar.»

Sie waren auf dem dritten Stockwerk des Präsidiums angelangt.

«Wenn du nicht weiter so rumsalbaderst, Monsignore, dann lad ich dich noch zu einem Kölsch in der Fernmeldestelle ein.»

«Fernmeldestelle?»

«Die Kantine. Hat bis halb fünf auf. Aber werd bloß nicht wieder laut.»

Die Kantine des Polizeipräsidiums war kein Ort, an dem man sich über den Zeitraum hinaus, den das Verschlingen eines Gemüseeintopfs beanspruchte, gerne aufhielt. Trotzdem schäkerten die Jungs von der Feierabendtruppe an der Theke mit Lore, der Wirtin, und gaben sich im Eiltempo rundum die Dienstschluß-Absacker aus. Rosenmayer und Klausen von der Drogenfahndung, Wachendorf und Strege vom 1. Kommissariat, Hannes vom 4. Kommissariat, aber Raub, nicht aus Zöllers Abteilung. Zöller war meistens auch in der Runde. Nicht bloß wegen der Absacker und der Albereien mit Lore. Manchmal erzählten die Jungs was aus ihren Abteilungen, und das interessierte ihn.

Zöller stellte sich mit Jürgen nicht dazu, zog ihn zu einem Fensterplatz mit Blick auf den Stau auf der Nord-Süd-Fahrt und zeigte Lore zwei Finger. Den Jungs winkte er kurz.

«Also. Quatsch dich aus, Monsignore. Was hast du vor?»

Jürgen war immer noch voller Eifer und vergaß, daß er mit einem Bullen sprach. Einem korrupten Bullen. Jürgen war voll heiligen Zorns. Und den mußte er ablassen. Jetzt.

«Küppers. Der Pfarrer von St. Gereon. Der hat mich angezeigt. Amtsmißbrauch. Amtsmißbrauch!»

Jürgen fiel die furchtbare Bedeutung des Wortes wieder ein, seine Schultern zogen sich nach vorn zusammen, er krümmte sich und schüttelte sich wieder.

«Willst du den verprügeln oder was?»

«Ha!» Jürgen streckte abwehrend eine Hand gegen Zöller. «Physische Gewalt ist nie meine Sache gewesen. Und ohnehin für einen Christen keine Lösung. Nein.»

Jürgen schwieg und machte ein bedeutungsvoll ernstes Gesicht. Das konnte er gut. Zöller beobachtete ihn und bekam eine Ahnung, weshalb die Leute in der Palmstraße lieber Jürgen als einen richtigen Pfaffen holten, wenn es ans Sterben ging. Sogar Trauungen sollte er schon vollzogen haben. Lore kam mit den beiden

Kölsch an den Tisch. Jürgen kippte seins mit einem Zug hinunter.

«Nein. Keine Gewalt. Ich werde ihn in seinen eigenen Stricken fangen. In den Stricken seines Eifers, seiner Raff- und Habgier. Das werde ich!»

Zöller sagte nichts. Schaute zum Fenster hinaus. Gute Methode. Wandte er seit Jahren schon bei Verhören an. Einfach nichts sagen, nichts fragen. Nur interessiert tun. Wenn einer Plapperpillen gefressen hat wie der da, dann spuckt der alles viel besser von selbst aus. Fragen bringen den nur aus dem Konzept. Jürgen beugte sich über den Tisch, näherte sein Gesicht dem Zöllers und schlug einen leisen Verschwörerton an.

«Ich meine nicht, daß der sich persönlich bereichert. Nein. Der zweigt nur was für den Kirchenbau ab!»

«Ach.»

«Und wissen Sie wovon? Von der Adveniat-Kollekte! Stellen Sie sich das vor! Er nimmt den Ärmsten der Armen, nur um seinen Prachtbau zu verschönern. Hier eine Rosette, da ein Sturz. Alles nur vom Besten. Weiberner Tuff. Wegen eines Kapitells aus Weiberner Tuff verhungern Negerkinder! Ist das nicht unglaublich? Ist das nicht ein Exempel auf den wahren Amtsmißbrauch der Amtskirche?»

«Woher weißt du das?»

Jürgen zog eine überlegene Miene auf. Auch darin war er perfekt. Güte. Ernst. Wissen. Bescheidenheit. Alles auf der Palette. Tausendmal glaubwürdiger als jeder echte Pfaffe.

«Ich war schließlich lange genug Diakon an St. Gereon.»

«Bis sie dich in der Sakristei mit einem Meßdiener erwischt haben.»

Jürgen faltete die Hände über dem Wachstischtuch auf dem Kantinentisch. In sich gekehrter, konzentrierter Ernst. Zöller wußte sofort, er hatte einen Fehler gemacht. Manchmal konnte er einfach nicht das Maul halten. Er winkte Lore. Schweigen, bis Lore die beiden Kölsch brachte. Als Jürgen nach kurzem Zögern sein Bier wieder hinunterkippte, wußte Zöller, daß er noch nicht verloren hatte. Tatsächlich beugte sich Jürgen, Bierschaumreste um die Lippen, wieder zu ihm hinüber.

«Wissen Sie, wieviel in St. Gereon in der Vorweihnachtszeit für Adveniat gesammelt wird?»

«Keine Ahnung.»

«Dreißigtausend! Allein in St. Gereon! Stellen Sie sich das vor!»

Zöller stellte es sich vor. Gebündelte Geldscheine.

«Und was hast du vor?»

Jürgens Stimme modulierte zum Flüsterton eines Beichtvaters.

«Ich nehm sie ihm ab, die Kollekte. Ich werd sie ihm abnehmen, und es wird so aussehen, als habe er sie geklemmt, und man wird ihn zur Verantwortung ziehen und es wird herauskommen, daß er Adveniat tatsächlich bestohlen hat!»

«Ach», sagte Zöller.

«Aber bitte! Das bleibt unter uns, Herr Hauptkommissar. Ha! Die Rache ist mein, spricht der Herr ...»

«Und ich bin sein Werkzeug», sagte Zöller.

22.

Die Kassiererin schob die einzelnen Teile nicht mehr in den Warenschacht, sie knallte sie hinunter. Bierflaschen, Sektflaschen, Wasserflaschen donnerten gegen das Blech. Ihre Rechte bearbeitete die Registrierkasse wie ein Hammer. Zwischendurch warf sie Blicke wie vergiftete Pfeile auf die Kunden in der langen Schlange vor ihrer Kasse. Wovon die Schlange auch nicht kürzer wurde.

Zwanzig vor sieben. Seit zehn Minuten Feierabend. Und da stand noch für 'ne Viertelstunde Arbeit. Mindestens. Abrechnen. Umziehen. Vor acht würde sie hier nicht raus sein. Scheiß Buß- und Bettag. Und dann noch an 'nem Mittwoch. Dem Tag, an dem sie sowieso frei hatte.

Schmahl stand vor den Weinregalen. Chablis. Chardonnay. Grauer Burgunder. Grüner Veltliner. Soave. Orvieto. Edelzwikker. Aufmerksam studierte er die bunten Etiketten und drehte ab und zu mal mit Kennermiene eine Flasche um, als ob es ihn tatsächlich interessiert hätte, daß Grüner Veltliner vorzüglich zu allen Fischgerichten paßt, aber auch als Schoppenwein beliebt ist.

Horst inspizierte sämtliche tiefgekühlten Fertiggerichte. Allerdings mit wesentlich echterer Begeisterung als Schmahl den Wein. Die Schlange vor der Kasse war auf drei Kunden geschmolzen, und Horst hatte sich für Hirschbraten in Burgundersoße mit Knödeln und Preiselbeeren entschieden. Er legte die Packung in seinen Einkaufswagen und stellte sich damit als letzter in die Reihe. Vor ihm stand Schmahl.

«Fünfzigtausend sind da drin. Schätze ich», hatte Schmahl gesagt. Schmahl ging öfters im DS einkaufen und hatte sich hier genauer umgesehen, seitdem sie den Job machten.

«Der Geschäftsführer holt mittags und gegen vier nachmittags die großen Scheine aus den Kassen. Oben werden die 'nen kleinen Tresor oder sowas haben. Um halb neun abends bringt er die ganze Tageseinnahme in 'ner Geldbombe zur Deutschen Bank.»

«Weshalb nehmen wir ihm sie nicht auf der Straße ab?» hatte Horst gefragt. Schmahl hatte Horst mit seinem Bist-du-wirklich-so-blöd-Blick angesehen, und Horst hatte den Mund gehalten, bloß vorsichtig die Beule an seiner Stirn betastet.

«Außerdem ist der Weg vom DS bis zur Deutschen Bank viel zu kurz. Zwanzig Meter oder so. Und dann noch auf dem Hohenzollernring. Der ist um halb neun voller Menschen. Wir machen's drinnen.»

Schmahl war an der Reihe. Stellte seinen Grünen Veltliner auf das Förderband vor der Kasse. Die Kassiererin strafte ihn mit völliger Mißachtung. Sie drehte die Flasche kurz so, daß sie das Preisschild ablesen konnte, tippte den Preis ein und schob gleichzeitig mit Schwung die Flasche in den Entnahmeschacht.

«Oh, Tschuldigung», sagte Schmahl, «ich hab die Milch vergessen. Für meine Katze.»

«Sind Sie noch ganz echt? Es ist Feierabend!»

Schmahl war schon von der Kasse weg. Die Verkäuferin stand auf, sah ihm wütend nach. Schmahl folgte Horst, der das Paket mit den Hirschsteaks ständig von einer Hand in die andere wechselte, weil es eiskalt war. Sie gingen quer durch den Supermarkt.

Der DS auf dem Hohenzollernring hatte zwei Ausgänge. Einen

auf dem Ring, der andere führte auf den Friesenwall. Das war ein entscheidender Punkt in Schmahls Planung. Zwei Fluchtmöglichkeiten. Außerdem gab es auf der Friesenwall-Seite einen Lieferanten-Eingang. Durch den konnte man raus, wenn die Kunden-Eingänge verschlossen waren. Über den Kassen auf der Seite am Friesenwall war eine verglaste Kabine, die man über eine kleine Treppe erreichte. Hier hatte, von der Straße her nicht einsehbar, der Geschäftsführer sein Büro.

Der Supermarkt war jetzt leer. Keine Kunden mehr. Die Animationsmusik aus den Lautsprechern war verstummt. Man hörte stattdessen jetzt die Eisschränke und Tiefkühltruhen brummen. Schmahl und Horst gingen auf die Kassen an der Friesenwall-Seite zu. Sonst hörte man die Schritte im Supermarkt nie. Jetzt hallten ihre Schritte, als latschten sie durch ein menschenleeres Museum. Hinter der Fleischtheke putzten zwei Verkäuferinnen schweigend und eilig die Glasscheiben. Keine blickte auf. Die Kassen auf der Friesenwall-Seite waren nicht mehr besetzt. Oben in der Glaskabine saß der Geschäftsführer über seinen Schreibtisch gebeugt. Die Tür zur Treppe nach oben war nicht verschlossen. Fünf Stufen hoch. Es war eng. Schmahl ging zuerst.

«Pfoten ausstrecken!» sagte Schmahl und setzte dem Typ seine Kanone auf die kleine, kreisrunde Glatze am Hinterkopf.

«Bitte!» tönte Horst, der hinter Schmahl geblieben war und der beobachten sollte, was sich im Supermarkt tat. Leiser, zu Schmahl: «Regel Nummer eins, Mann eh!»

«Um Gottes Willen!» flüsterte der Geschäftsführer und streckte seine Hände über den mit Kassenrollen, Rechnungen, Bestellisten übersäten Schreibtisch. Patschige, schmutzige Pfoten. Scheißjob. Dreckige Pfoten! Was kriegt der dafür, daß er sich hier zwölf Stunden am Tag den Arsch aufreißt, Regale auffüllt, Lieferungen kontrolliert, hinter Kassiererinnen her schnüffelt? In 'nem weißen Kittel, der aussieht, als wäre er seit zwei Wochen nicht mehr gewaschen. Und die dreckigen Pfoten! Horst starrte auf die Hände des Geschäftsführers, und so etwas wie Mitleid überkam ihn.

«Wir quasseln hier nur ein bißchen», sagte Schmahl und senkte die Waffe, damit die Wurstverkäuferinnen sie von unten nicht sahen. «Als wenn wir Vertreter wären oder so. Kapiert?»

«Sie kenne ich doch!» sagte der Geschäftsführer, der sich, mit ausgestreckten Händen, halb zu ihnen herumgedreht hatte. Der Mund unter seinem kurz gestutzten Schnurrbart stand offen, zeigte gelbe Stummelzähne.

«Quatsch nicht, Mann! Die Kohle! Wo ist die Kohle?»

«Bitte!» sagte Horst. «Geben Sie ihm bitte das Geld.»

Der Geschäftsführer starrte auf Schmahl, dann auf Horsts Gesicht. Sein Blick blieb an Horsts malträtierter Nase hängen.

«Sie kenn ich doch! Sie sind doch die beiden aus dem *Express*!»

Diese Entdeckung faszinierte ihn so, daß er seine Situation vergaß. Er ließ die Hände sinken. Mit einer ansatzlosen Bewegung schlug Schmahl ihm den Lauf seiner Browning unters Kinn. Der Kopf des Mannes flog zurück.

«Mann eh!» protestierte Horst. «Die Regeln! Entschuldigen Sie, aber ...»

Schmahl wollte ihn mit einem kurzen Blick zum Schweigen bringen. Doch auf dem Weg zu Horst registrierten seine Augen unten im Supermarkt eine Bewegung. Er sah, wie ein fetter Mann sich aus einem weißen Häuschen am Kopf einer Regalreihe zwängte. Das Häuschen hatte im oberen Viertel seiner vier Wände verspiegelte Sehschlitze. Ein Beobachtungsposten, den Schmahl jetzt zum ersten Mal wahrnahm. Der Fette war ein Kaufhausdetektiv. Und er sah Schmahl an.

«Mach weiter hier», sagte Schmahl und drängte sich an Horst vorbei.

«Mann eh! Was ist, Mann? Willste 'ne Fliege machen oder was ist? Soll ich die Scheiße hier wieder alleine ausbaden oder was ist?»

Labern. Kann der Blödmann irgend etwas außer Labern? Fünf Stufen. Die Tür. Zehn Meter bis zum Häuschen. Der Fette war schnell. Hatte begriffen, was los war. Bewegte sich flink in Richtung Lieferanten-Eingang rechts unterhalb der Geschäftsführerkabine. War jetzt hinter der Plastikplane an der Tür verschwunden. Schmahl hinterher. Mit ausgestreckten Armen drückte er die Plane zur Seite, hechtete durch. Und bekam einen Schlag auf den Hinterkopf.

«Machen Sie jetzt bitte den Tresor auf», sagte Horst.

«Kann ich nicht.» Der Geschäftsführer bockte. Hatte beide

Hände in die Hüften gestemmt. Er zeigte keinerlei Respekt vor Horsts Kanone.

«Wieso nicht?»

«Weil der durch ein Zeitschloß gesichert ist.»

«Und?»

«Läßt sich erst um acht Uhr aufmachen.»

«Ist da alle Kohle drin?»

Der Geschäftsführer zögerte einen Augenblick. Sein Blick flirrte. Zuckte für den Bruchteil einer Sekunde in Richtung eines Stahlschrankes.

«Ja.»

«Dann warten wir bis acht. Wenn's Ihnen nichts ausmacht», sagte Horst. «Und legen Sie bitte die Hände wieder auf den Tisch. Ich möchte nicht, daß Ihnen irgend etwas zustößt.»

«Stand auch im *Express*, daß du so geschwollen redest.»

«Sie haben Mut, Mann», sagte Horst und drückte dem Geschäftsführer die Mündung seiner 08 ins linke Nasenloch. Was den für den Augenblick beeindruckte. Profitechnik wirkt immer. Horst ging um ihn herum, öffnete den Stahlschrank, Kanone im Anschlag, zog mit der Linken eine Kassette heraus, öffnet sie und packte die Geldscheine in die Hosentasche. Hunderter. Fünfziger. Jede Menge kleine Scheine. Und dann sah er den Fetten. Lag halb auf dem Boden der Kabine. Hatte sich angepirscht. Horst hob die Kanone. Spannte den Hahn. Im Kino gab das immer ein wahnsinniges Geräusch. Metallen. Gefährlich. Der Scheiß-Hahn der Scheiß-Kanone machte überhaupt kein Geräusch.

«Hilfe! Hilfe!»

Frauenstimmen kreischten unten im leeren Supermarkt. Die Wurstverkäuferinnen. Scheiße. Was ist los? Wenn die Kanone funktionierte, würde er jetzt in die Scheibe ballern. Scheiße. Scheiße. Der Fette hatte sich platt auf den Boden gelegt. Fixierte Horst. Seine Masse zitterte vor Anspannung. Was war da unten los? Wie kam der fette Arsch hier rein? Wo war Schmahl? Horst wedelte mit der Kanone hin und her. Vom Geschäftsführer zum Dickwanst am Boden, wieder zurück. Scheiße. Hatte keinen Zweck hier oben. Horst stieg über den Dicken rüber.

«Ihr bleibt da wo ihr seid, sonst mach ich euch platt!» Scheiße. Jetzt hatt er selbst die Regel Nummer eins vergessen! Horst stolperte die Treppe hinunter und rannte auf den Lieferanteneingang zu. Stieß dahinter auf die beiden Wurstverkäuferinnen, die um Schmahl herumstanden und schrien. Schmahl saß in der Hocke. Faßte sich mit beiden Händen an den Hinterkopf. Blutverschmierten Händen.

«Schnauze!» schrie Horst und half Schmahl in die Höhe.

«Und jetzt raus hier, raus!»

23.

'ne richtige Schönheit war sie nicht. Hübsch ja. Vielleicht ein bißchen brav mit ihrem Madonnengesicht.

«Tja, und dann bin ich auf's Internat, nach Andernach», sagte Anita. «War zwar blöd, neun Jahre lang. Aber ich war froh, von zu Hause weg zu sein.»

«Wieso?» Schmahl beobachtete Anitas Hände, die dabei waren, Gläser zu polieren. Gut geformte Hände mit langen Fingern.

«Das Dorf! Es kann ganz schön langweilig sein, auf dem Land zu leben. Kannst du dir überhaupt nicht vorstellen.»

«Stell ich mir aber gut vor. Hast du Ruhe, Natur, Vogelgezwitscher und so.»

Anita lachte. Ein angenehmes, glucksendes Lachen.

«Hört sich wie Urlaub auf dem Bauernhof an. Wenn ich zu Hause war, mußte ich mit aufs Feld, Rüben vereinzeln. Hast du bestimmt noch nie gemacht.»

Schmahl schüttelte den Kopf. Ihre Hände sahen nicht so aus wie die Hände eines Mädchens vom Dorf. Überhaupt sah sie nicht so aus wie 'ne Landpomeranze.

«Du hockst den ganzen Tag in der Furche», sagte Anita. «Pflanze für Pflanze. Das Feld ist, was weiß ich, dreihundert Meter lang. Du siehst nichts als deine Furche. Und wenn du am Ende angekommen bist, geht's wieder zurück. Die nächste Furche. Und siehst wieder nichts als das Feld. Bis es Abend ist. Und dann hast du erst sechs oder sieben Reihen gemacht, und vierzig gibt es. Und am nächsten Tag geht es weiter.»

«Gibt's da keine Maschinen für?»

«Klar gibt's dafür Maschinen. Aber mein Vater war ein kleiner Nebenerwerbsbauer. Die Kinder waren billiger als Maschinen.»

«Und jetzt haßt du deinen Alten?»

«Nein, nein.» Anita stellte das Glas, das sie poliert hatte, zurück ins Regal, faltete das Handtuch und legte es auf die Kaffeemaschine, die immer noch nicht funktionierte. «Das ist so auf dem Land. Alle Kinder müssen auf's Feld, in den Stall, arbeiten. Da kennt man das nicht anders. Aber böse bin ich keinem deswegen. Nur froh, daß ich weg bin.»

Die Eingangstür zum *Fitness-Treff* ging auf, und Monika kam herein. Sie trug einen grünen Plüschpelzmantel. Die Frisur war neu getrimmt, auf der linken Seite waren die Haare nur ein paar Millimeter lang. Fast wie rasiert.

«Hallöchen.»

Der Anflug eines dünnen Lächelns. Ihr Blick streifte Schmahl kurz, registrierend. Dann war sie hinter dem Tresen, ohne den Mantel auszuziehen. Sah sich um. Kontrollblick. Ganz Chefin. Die Bar war leer. Nur Schmahl saß am Tresen. Monika drängte Anita zur Seite, bückte sich.

«Die Kühlung ist nicht an. Wieso ist die Kühlung nicht an?»

«War noch keiner da, und da dachte ich ...»

«Dachte ich!»

Monika stöberte hinter dem Tresen herum, auf der Suche nach weiteren Versäumnissen Anitas. Die stand daneben, wußte nicht, was sie machen sollte.

«Wieso stehst du hier noch rum?» Monika zog ihren Mantel aus und warf ihn auf einen Hocker.

«Ist Max zu Hause?» fragte Anita.

«Wo soll der denn sonst sein? Zöller ist jetzt bei ihm, aber der muß gleich wieder weg.»

«Gut. Dann geh ich jetzt.»

«Bitte!» Monikas Stimme war nahe daran, sich zu überschlagen.

Anita ging durch die Bar. An einem Garderobenständer neben dem Glasperlenvorhang, hinter dem das Ächzen und Schnaufen der Bodybuilder zu hören war, hing ihr Mantel. Sie zog ihn an. Ein blauer Dufflecoat. Sah darin irgendwie rührend aus, fast wie ein Kind. Schmahl beobachtete sie. Er hätte schwören können, sie heult. Tat sie aber nicht. Sie guckte bloß zu Boden, während sie sich den Mantel zuknöpfte. Augen hat die! Anita war fast an der Eingangstür. Monika polierte die Gläser, die Anita schon poliert hatte und starrte dabei die Bodybuilder-Poster an der Wand an.

«Sekunde», sagte Schmahl und drückte eine gerade angerauchte Reval im Aschenbecher aus. «Ich fahr dich.»

Die quer über die Venloer Straße gespannten erleuchteten Weihnachtsdekorationen schaukelten im Wind. Das Kunstgrün zwischen den elektrischen Kerzen war zerzaust und löste sich bei jeder Bö mehr von den Spanndrähten. Fetzen davon hingen wie Bartflechten herunter, wurden losgerissen, flatterten hektisch über die Straße. Die elektrischen Kerzen flackerten, manche gingen aus, wieder an, aus. Der Sturm versaute die ganze Weihnachtsstimmung. War sowieso nicht weit her damit. Barbara wollte zwei Riesen. Dann konnte Fritzi Weihnachten bei ihm verbringen. «Verbringen», hatte sie gesagt. Für zwei Riesen!

«Ist nett von dir», sagte Anita, die bis jetzt geschwiegen hatte.

«Bei dem Wetter», sagte Schmahl.

Er fuhr die Innere Kanalstraße Richtung Süden. Zur Vorgebirgstraße müsse sie, hatte Anita gesagt, als sie eingestiegen war.

«Warum läßt du das mit dir machen?»

«Mhh.» Anita sah zum Wagenfenster hinaus. Das Licht der Straßenlaternen ließ ihr Gesicht noch blasser erscheinen.

«Monika ist nicht so, wie du denkst. Oder wie sie tut. Ihr geht es zur Zeit nicht gut, sie ist überfordert, hat zu viel zu tun. Der *Fitness-Treff* läuft nicht richtig. Hast du ja gesehen. Sie kommt nicht von den Schulden runter. Und dann hat sie ständig ein schlechtes Gewissen, weil sie sich nicht genug um den Kleinen kümmert.»

«Max?»

«Ja.»

«Trotzdem. Ist doch Scheiße für dich. Wirst rumgeschickt und so. Barfrau, Kindermädchen. Mach dies, mach das.»

«Ist nur manchmal so. So extrem.»

«Wie bist du eigentlich an die gekommen?»

«An Monika?»

«Ja. Ich meine, das macht doch keiner freiwillig, oder?»

Anita lachte. Wieder dieses leise, glucksende Lachen.

«Monika ist sowas wie 'ne Kusine von mir. Irgendwas entfernt Verwandtes. Und als ich mit dem Internat fertig war, wollte ich hier in Köln Sprachen studieren. Da bin ich zuerst bei ihr untergekommen.»

«Und?»

«Was und?»

«Hast du studiert?»

«Nee. Irgendwie hab ich bis jetzt noch nicht die Kurve gekriegt. Zuerst als Telefonistin gejobbt. Bei der Auskunft. Total öde. Aber ich wollte was Geld sparen. Und jetzt ...»

«Jetzt hängst du bei Monika fest.»

«Tja.»

Schmahl überquerte den Raderthalgürtel, fuhr langsamer.

«Da vorn ist es.» Anita zeigte auf die andere Straßenseite. Schmahl bog auf den linken Fahrstreifen ein, drehte in der Wendespur.

«Da!» sagte Anita.

Schmahl hielt vor einem Genossenschafts-Mietshaus.

«Hier wohnst du?»

«Monika und Zöller, ja. Und ich auch.»

«Zöller?»

«Monikas Freund.»

«Aha.»

Schmahl schaute auf den Hauseingang. Vierzehn Klingeln. Sieben rechts, sieben links. Akkurat. Alle Klingelschilder im gleichen Stil. Messing. Auf der Tür ein weißes Emailleschild: *Betteln und Hausieren verboten*. Darunter ein weiteres: *Fahrräder im Hausflur abstellen verboten.*»

«Du lieber Gott», sagte Schmahl.

Anita spielte mit dem Türöffner.

«Mach dir um mich keine Sorgen.» Sie lachte wieder. Schmahl sah sie an. Sie war wirklich hübsch. Und die Augen! Er berührte sie mit der rechten Hand leicht an der Schulter.

«Mach ich nicht», sagte er.

Sie lächelte ihn an. Berührte seine Hand auf ihrer Schulter. Hielt sie für einen Augenblick fest.

«Guck lieber, daß du selbst klarkommst.» Sie hatte die Wagentür geöffnet.

«Ich? Womit?»

Sie lachte, stieg aus und steckte noch mal den Kopf zur Beifahrertür rein.

«Mit deinen Raubüberfällen. Das wird ziemlich eng, hab ich den Eindruck.»

24.

Erstaunlich, wirklich ein kleines Wunder, daß dir Pater Stanislaw so schnell einen Termin freigemacht hat. Vielleicht hat er schon von dir gehört? Vielleicht, daß eines deiner Schäfchen bereits den Papisten abtrünnig wurde und von dir berichtete? Gutes berichtete, selbstverständlich. Sonst hätte Pater Stanislaw sich doch nicht gleich zu einem solchen Schritt entschlossen. Anders kaum vorzustellen. Aber gibt es denn in deiner Gemeinde überhaupt überzeugte Marianer? Müßtest du doch eigentlich wissen. Natürlich, die Mutter Gottes steht bei ihnen allen hoch im Kurs, Fürbitterin der Armen. Aber ausgesprochener Marianismus? Unwahrscheinlich. Wie dem auch sei.

Jürgen schritt mit gesenktem Kopf in seinem Einzimmer-Appartement auf und ab. Zu Hause kleidete er sich abends meist in eine schlichte, wollene Soutane, wie Priester in südlichen Ländern sie zu tragen pflegen. Hoch geschlossen, kleiner Stehkragen, lange Knopfleiste mit Samtknöpfen, knöchellang. Darunter trug Jürgen nichts. Genoß das leichte Kratzen der Wolle an den empfindlichen Hautstellen.

Sicher, das ist ein gewaltiger Schritt. Auch für dich. Abschied von Rom! Wobei anzumerken ist, daß dir das Dogma vom Primat des Papstes und seiner Unfehlbarkeit – zumindest in der Form, wie es in den letzten beiden Bullen vorgetragen wurde –, also das war zu viel, das hat dir eigentlich noch nie so recht behagt. Gut. Rom ade! Requiescas in pace. Aber gleich zu einer marianischen Sekte? Sicherlich. Gegen Marienverehrung, selbst die inbrünstigste, Hyperdulie, ist ganz und gar nichts einzuwenden. Darum geht es aber eigentlich nicht. Bei den Fatima-Verehrern der Erneuerten Kirche oder den Karmeliterinnen vom Heiligen Antlitz ist das natürlich was anderes. Ach, und dein Freund William Kamm! Auch so einer. Nennt sich jetzt *Kleiner Kieselstein der Liebe*, will die Marienwallfahrtsorte vernetzen, das nahe Strafgericht androhen und sich als Marianischer Papst einsetzen. So was würdest du natürlich in keinem Fall mittragen. Die könnten dir die Bischofswürde anbieten, selbst dann nicht. Marikron ist dagegen eine seriöse Angelegenheit. Aber, aber, aber.

Jürgen legte die Stirn auf das Stützbrett der eichenen Betbank, die vor seinem kleinen, kerzenerleuchteten St. Antonius-Altar, gleich neben der Einbauküche stand und schloß die Augen. Es ist ein Schritt! Ein schicksalträchtiger Schritt. Aber hat die Mutter dich nicht selbst hinausgestoßen? Sancta Ecclesia Apostolorum? Darfst du gar nicht weiter drüber nachdenken. Verweigert sie dir nicht das dir zustehende Seelsorgeramt? Und ist es nicht Pater Stanislaw, und sind es nicht die Marikroniten, die dir ein solches in Aussicht stellen? Quid pro quo. Aber, aber, aber. Antonius hilf! Jürgen hob den Kopf, öffnete die Augen. Antonius schwieg, wie immer. Jürgens Blick wanderte hilfesuchend seitwärts, weg vom Altar hin zu einer Reihe grobkörniger Schwarzweiß-Poster, historische Fotografien unbekleideter Knaben, die neckisch zwischen Bäumen, Bächen, Büschen posieren. Die *mystischen Ehen* der Marikroniten! Ekelhaft. Wenn das nicht wäre. Wie leicht fiele der Schritt. Gut. Wird dich niemand zu zwingen wollen. Toleranz muß sein. Aber es geht ganz gegen dein theologisches Grundcredo. Nein, nicht der papistische Zölibat. Ohnehin obsolet. Daß die Marikroniten ihre Kinder als ohne Erbsünde empfangen bezeichnen. Das ist die theologische Unmöglichkeit. Ganz und gar unmöglich. Da mußt du mit Pater Stanislaw drüber sprechen!

25.

Wenn der nur ein bißchen mehr auf sich achten würde! Bloß mal 'ne anständige Frisur oder ein schickes Hemd. Wie der rumläuft! Monika stellte Zöller ein Kölsch hin. Wenigstens hat er jetzt nicht mehr die verschlissene dünne Popeline-Jacke an, die er den ganzen Sommer getragen hat. Merkt überhaupt nicht, wie sein Bierbauch darin quillt.

Zöller hatte sich einen Barhocker herangezogen und darauf fallen lassen, als hätte er gerade dreißig Säcke Zement geschleppt. Er stützte die Ellbogen auf die Theke, legte seinen Kopf in die Hände und fuhr sich damit durchs schüttere graublonde Haar. Unter den dicken Tränensäcken scharfe Falten. Seit Wochen schob er seine Doppelschichten. Total überarbeitet.

«Und?»

Monika sprach leise. An den Tischen hinten hockten drei Kraftsportler, schluckten an ihren Eiweißdrinks. Bevor Zöller antworten konnte, drehte Monika sich um und stellte die Musik lauter. Das übliche Clayderman-Gedudel. Wie im Supermarkt. Kam aber an.

«Das sind *Loser*», sagte Zöller.

«Glaub ich nicht. Zumindest Schmahl nicht.»

«Du läßt dich von Äußerlichkeiten täuschen. Weil du mit deiner Methode nicht gelandet bist bei dem. Der Typ wirkt cool. Richtig. Aber er bringt's nicht. Und der Kleine sowieso nicht. *Loser.*»

«Die drehen alle paar Tage ein Ding. Hast du selbst gesagt.»

«Richtig. Aber was für Dinger!» Zöller quälte ein hämisches Grinsen in sein graues Gesicht. «Damit kommen die gerade auf den Sozialhilfesatz. Anfänger, Penner. Das ist 'ne Laienspielschar. Überfallen 'nen Supermarkt, wo dreißigtausend im Tresor liegen und holen gerade mal einen Tausender raus, kriegen dazu noch

Prügel, haben fünf Streifenwagen am Bein. Nee, bei denen ist nichts zu holen. Glaub's mir.»

«Ich mein ja auch gar nicht, du sollst die abzocken wie deine anderen Kunden.»

«Sondern?» Mit den kleinen Schlucken der Thekensteher trank Zöller an seinem dritten Kölsch.

«Die ziehen ein richtiges Ding ab. Für uns. Wir kassieren.»

«Aha. Ein richtiges Ding!» höhnte Zöller.

«Genau.» Monika fixierte Zöller. Funkelte ihm in die müden Augen. «Im übrigen wär's blöd, die jetzt einfach laufen zu lassen. Wo du soviel Arbeit da reingesteckt hast.»

«Blödsinnige Arbeit. Richtig. War deine Idee. Vollkommen blödsinnige Arbeit.»

«Eben nicht. Damit haben wir sie in der Hand.»

Zöller fuhr sich mit beiden Händen erschöpft über's Gesicht. Mein Güte. Ist das 'ne Ruine.

«Und was wäre das, das richtige Ding?»

«Diese Adveniat-Kollekte, zum Beispiel.»

«Ach du Scheiße.» Zöller verdrehte die Augen gegen die Decke. «Der schwuchtelige Monsignore und die beiden Penner. Das ist 'ne Kombination, davon hab ich immer schon geträumt.»

«Wart's doch ab», sagte Monika.

26.

Irgendwas stimmt nicht mit den Regeln! Du hältst dich dran, trotzdem läuft das nicht so geschmiert wie bei Stick und Frank. Klar, die haben auch ihre Schwierigkeiten. Normal. Die Geschichte, wo Stick die beiden Schwarzen abballert, als sie ihm den Schotter abnehmen wollen. Hätte ins Auge gehen können. Hätte. Ist aber nicht. Solange die sich an die Regeln halten, läuft es. Oder liegt's vielleicht doch an den Regeln? An sich sind die Regeln ja okay. Ist ja auch noch nichts schiefgelaufen. Wahrscheinlich, weil du dich dran gehalten hast. Keine Ballerei. Immer höflich. Immer gut weggekommen. Fast immer. Aber was stimmt nicht? Irgendwas stimmt doch nicht. Zum Beispiel der Umsatz stimmt nicht. Da sagen die Regeln nichts zu. Typisch. Hätten Stick und Frank sich Gedanken drüber machen sollen, hätten sie auch in die Regeln mit reinpacken sollen: Was sind die wirklich lukrativen Jobs? Fuck! Was hast du dir nicht alles einfallen lassen! Professioneller geht's nicht. Daran kann's überhaupt nicht liegen. Bist schließlich nicht ganz blöde. Ist aber auch schwer. Es sind die Regeln! Da hätte wirklich was in den Regeln drüber stehen können. Das ist der Fehler! Mal ganz klar analysiert: Wer hat heute noch Cash? Wo liegt heute noch so viel Bares rum, daß es sich lohnt? Jedes blöde Arschloch zahlt mit Kreditkarte oder Scheck. Wo klingeln heute noch die Kassen? Das müßte man mal genauer analysieren. Ist doch komisch, wo Stick und Frank auftauchen, liegt die Kohle nur so rum. In jedem Schnapsladen. Schnapsläden wie in den Staaten gibt's hier nicht. Oder doch?

Horst war den Weg vom *Fitness-Treff* in der Sömmeringstraße bis ins *Strada* zu Fuß gegangen. Er hatte zuerst ein Taxi nehmen wollen, wegen des Sturms. Dann hatte er an den Umsatz gedacht und daran, daß es mal ganz gut wäre, in Ruhe über das Problem nachzudenken.

Kalli hatte geschoben. Mustafa auch. Schmahls Rechte spielte mit dem verdeckten Stock, nahm ihn schließlich auf. Herz Sieben, Kreuz Zehn. Kreuz Zehn konnte er drücken, dazu Karo As. Zwei Farben blank. Das Ding müßte gelaufen sein. Es klopfte an die Glasscheibe. Draußen stand Horst und winkte ihn heraus. Kalli forderte die Buben ab. Schmahls Pik Bube paßte unter Mustafas Kreuz Buben. Das war das einzige Problem. Mustafa legte die Herz Acht. Kalli warf sich ab. Horst klopfte noch einmal gegen das Fenster, winkte wieder. Schmahl blieb mit der Herz Sieben drunter. Mustafa kam weiter mit Herz, Schmahl blieb drunter, Kalli warf sich ab. Den letzten Herz-Stich mußte Schmahl mitnehmen, kam danach mit der Pik Sieben raus. Kalli warf Karo drauf, Mustafa Kreuz. Scheiße! Verfluchte Scheiße! Die Herz Sieben! Das war der Fehler!

Als Schmahl nach draußen kam, stand Horst frierend gegen einen Baum gelehnt. Schmahl ging auf ihn zu, schlug ihm eine kurze rechte Gerade gegen den Bauch. Horst ging in die Knie, schnappte nach Luft.

«Mach das nie wieder, mich anzuquatschen, wenn ich spiele. Drei Scheine verloren. Das war deine Schuld.»

Horst jappte.

«Selber schuld, Mann. Warum hast du nicht auf mich gewartet, Mann? Bist mit Anita abgehauen. Anita! Was willst du mit Anita? Und dann schlägst du mich noch, Mann! Was ist das für 'ne Partnerschaft?»

Schmahl drehte sich um und ging.

«Mann eh, ich wollte mit dir was besprechen!»

«Morgen», sagte Schmahl, ohne sich umzudrehen.

27.

Anita mußte ihn wachrütteln.

«Geht mir immer so, daß ich im Kino einschlafe.»

«Das Beste hast du verpaßt», sagte Anita.

«Kino ist doch Schwachsinn. Ist doch alles nicht realistisch.»

«Fandest du das eben auch Schwachsinn?» fragte Anita.

«Was? Den Film eben?»

«Ja.»

«Totaler Blödsinn. So was passiert doch nicht wirklich! Daß so'n feiner Pinkel sich in 'ne Nutte verknallt und sie am Schluß auch noch heiratet.»

«Er hat sie nicht geheiratet.»

«Sah aber so aus.»

«Du hast den Schluß doch gar nicht gesehen.»

«Ich hab ja nur gesagt: es lief darauf raus. Und das ist eben Blödsinn. Sowas passiert nicht.»

«Ist ja auch nicht passiert.»

Sie gingen über den Hohenzollernring. Der Sturm hatte aufgehört. Trotzdem war kaum jemand unterwegs. Es war halb zwei, und die meisten Cafés waren schon geschlossen. Anita wußte, daß das *Café Bauturm* auf der Aachener Straße bis drei Uhr auf hatte.

Für Donnerstagabend war der Laden erstaunlich voll. Theaterelevinnen und Schauspielschüler, angehende Schauspielerinnen und Schauspieler mit Engagements an Kleinkunstbühnen, richtige Schauspielerinnen und Schauspieler an arrivierten Kleinkunstbühnen, Regisseure, Beleuchter, Visagisten, Autoren. Sie tranken ihren Kaffee, ihr Bier oder ihren Wein nicht, sondern sie spielten Kaffee-, Bier- oder Weintrinken. Die Kellnerinnen waren keine richtigen Kellnerinnen, sondern Schauspielschülerinnen. Sie spielten Kellnern. Rangunterschiede zwischen angehenden und richtigen Schauspielern waren kaum auszumachen. Denn auch die Mimik der blutigsten Anfänger signalisierte durchgehend: Achtung! Talent! Ein Mienenspiel, das auch die etablierteren Schauspieler noch nicht abgelegt hatten, weil sie auf ein Fernsehangebot warteten. Schmahl begriff nicht, was hier abging. Aber er fühlte sich sofort unwohl. Anita ignorierte sein Zögern. Sie hatte einen freien Tisch am Fenster entdeckt und ging zielstrebig darauf zu.

«Bist du öfters hier?» fragte Schmahl, der sich so gesetzt hatte, daß er auf die Straße hinaussehen konnte.

«Ich liebe das *Bauturm*.»

Schmahl unterdrückte ein Gähnen.

«Du bist ein richtiger Realist», stellte Anita fest.

«Was?»

«Du glaubst nur das, was du siehst.»

«Klar. Was sonst?»

«Du hast keine Träume?»

«Träume?»

«Tagträume. Wünsche. Etwas, das du dir wünschst.»

«Doch, hab ich. Hat jeder.»

«Zum Beispiel?»

«Tzzz.» Schmahl wischte mit dem kleinen Finger Zigarettenasche von dem mit klebrigen Kaffeetassen, halbleeren Gläsern und einem überquellenden Aschenbecher vollgestellten Tisch. Er drückte seine Reval in einer Untertasse aus.

«Bist du verheiratet?» Anita fragte das so dahin, bemüht, ihre Stimme beiläufig klingen zu lassen.

«War ich. Geschieden.»

«Und hast du Kinder?»

«Eine Tochter. Vier ist die.»

«Und du möchtest, daß sie bei dir ist. Du wünschst dir ein ganz normales Familienleben. Du willst so leben wie alle anderen auch. Normal arbeiten, abends nach Hause kommen, am Wochenende einen Ausflug oder so was. Das sind deine Träume, ja?»

Schmahl sah ihr einen Augenblick in die Augen, klopfte sich eine neue Reval aus der Schachtel, zündete sie an und schaute auf die Straße.

«Woher weißt du das von den Raubüberfällen? Von Horst?»

Anita lachte. Nicht so glucksend wie sonst, einen Ton heller.

«Horst, das kleine Ekel. Nein, das weiß ich nicht von Horst.»

«Woher weißt du's dann, die Geschichte mit den Raubüberfällen?»

«Von Zöller, Monikas Freund. Deshalb wollte ich dich heute abend sehen. Um dir das zu sagen.»

«Was zu sagen?»

«Daß du dich vor Zöller in Acht nehmen sollst. Der ist hinter euch her. Der ist bei der Kripo.»

«Bei der Kripo?»

«Ja. Aber ich glaube, der will euch nicht verhaften, der will irgendwas anderes.»

«Aha.» Schmahl drückte seine Reval neben den anderen Kippen in der Untertasse aus.

«Was der wirklich will, weiß ich nicht.»

«Laß uns gehen. Hier kriegen wir sowieso nichts.»

«Wohin?» fragte Anita.

Schmahl zuckte mit den Schultern.

«Wohnst du weit von hier?» fragte Anita.

«Nein.»

28.

«Diese Stunde, liebes Paar, liebe Gäste, liebe Gemeinde, diese Stunde soll über Kölns Grenzen hinaus Wirkung haben. Eine Signalwirkung haben, ein Leuchtfeuer sein für alle Menschen, die sich lieben.»

Der Priester sprach laut, und seine Stimme dröhnte. Seine Augen waren gegen die Decke der kleinen Kapelle gerichtet, weit geöffnet, so, als sähe er das Leuchtfeuer, von dem er sprach, hoch über sich. Ein erster Blitzlichtregen prasselte auf ihn und das vor ihm kniende Paar. Die Rotlichter der Videokameras leuchteten auf, Tonmänner reckten sich, streckten die Mikros an ihren Angeln so weit wie möglich in die Nähe des Paares und des Priesters. Jeden Augenblick würde er ihnen das Ja-Wort abfordern. Die Kapelle war so voll von Menschen, daß niemand sich mehr bewegen konnte. Hinter dem Paar dichtgedrängt Trauzeugen, Verwandte, Freunde. Dann vier Fernsehteams, Dutzende von Journalisten und Fotoreportern, dahinter die Gaffer, ungeladene Gäste.

Jürgen und Pater Stanislaw waren in der Nähe des Kapelleneingangs eingekeilt in der Menge, die durchweg aus Männern bestand. Männer mit kurzgeschorenen Haaren, scharf gestutzten Schnurrbärten. Pater Stanislaw beugte sich flüsternd zu Jürgen.

«Der macht das wirklich gut!»

«In der Tat, Pater Stanislaw. Exzellent. Ganz ausgezeichnet!»

«Schon allein diese Show wird uns spürbaren Aufwind geben, Zulauf bringen. Wenn, vorläufig auch ...» Pater Stanislaw blickte leicht indigniert um sich «... von, hm, Gruppen, die nicht so ganz dem Menschenbild unseres Ordens entsprechen dürften.»

«In der Tat, Pater Stanislaw.» Jürgen imitierte den ungnädigen Blick Pater Stanislaws in die umstehende Männermenge.

«Aber wir werden auch anderswo Erfolg haben. Das hier ist der Anfang.»

«Sicherlich, Pater Stanislaw. Worüber ich gerne noch mit Ihnen gesprochen hätte, Pater Stanislaw ...»

«Ja, mein Sohn?»

Der Pater reckte sich, um das Geschehen vorne am Altar im Auge zu behalten. Der Priester war immer noch bei seiner Ansprache, gestikulierte mit den Armen, seine weiße Stola mit den Goldkanten flatterte.

«Nun.» Jürgen räusperte sich, mußte den Frosch aus dem Hals kriegen. «Die Marikroniten fassen die Befestigung der Gnade, wenn ich recht gehe, als eine *confirmatio de gratia* ...»

«Sehr wohl, mein Sohn», sagte Pater Stanislaw, ohne die Augen von der Zeremonie zu lassen. «*Confirmatio de gratia*, und nicht, wie das offizielle Dogma, als *confirmatio in gratia*. Einer der kleinen, aber feinen Unterschiede.» Ein dünnes Lächeln schlich sich in die harten slawischen Zügen des Ordensoberen.

«Aber, bei allem Respekt, Pater Stanislaw ...» Verdammt, eigentlich wolltest du mit ihm über die Erbsündenlosigkeit ihrer Kinder sprechen. «Wenn Sie von einer *confirmatio de gratia* ausgehen, Pater Stanislaw, dann wäre dies doch ein über die Befestigung der Gnade hinausgehendes Privileg ...»

«Genauso ist es. Maria ist durch persönliche Offenbarung frei von jeder Sündlichkeit.» Pater Stanislaw hatte ein wenig die Stimme gehoben, sprach sozusagen, mit einem kurzen, strengen Seitenblick auf Jürgen, ex cathedra.

«Ach ja», sagte Jürgen.

«Nicht nur erbsündenfrei», präzisierte Pater Stanislaw abschließend, denn am Altar hatte der Priester seine Ansprache beendet, «sondern auch frei von jeder läßlichen Sünde. Wie die Kinder der Marikroniten.»

«Ach ja?» sagte Jürgen, als hätte er eben eine erfreuliche Neuigkeit erfahren.

«Gott segne dieses Paar, damit es Schutz und Hilfe erfahre!»

Der Priester nahm seine Hände von den Köpfen des Paares, segnete es mit weit ausholenden Armbewegungen.

«Nun erhebet euch und sagt euch das Ja-Wort!»

Das Paar erhob sich. Der eine war ziemlich groß. Nußknackerkiefer, scharf gestutzter Schnurrbart. Der andere war klein, zierlich, glatzköpfig, trug einen Sieben-Tage-Bart und hatte unendlich traurige Augen mit dunklen Wimpern. Er weinte. Und dann schauten sie sich an, sagten fast gleichzeitig «Ja», küßten sich. Blitzlichtgeprassel.

«Ihr liebt euch», dröhnte der Priester, «und seid glücklich. Euer Pech, daß ihr zwei Männer seid.»

Die Menge strömte aus der Kapelle. Jürgen und Pater Stanislaw wurden mit durch den Ausgang gedrängt.

«Ach», sagte Pater Stanislaw leichthin, als fiele ihm gerade noch etwas ganz Nebensächliches ein. «Und Sie sind sicher, daß dieser Pfarrer von St. Gereon die Adveniat-Kollekte persönlich ins Generalvikariat bringt?»

«Das glaube ich schon», sagte Jürgen. «Sonst könnte er doch nichts davon abzweigen.»

«Das glauben Sie. Hm. Ich meine, er zahlt das Geld nicht auf ein Konto und überweist es dann von dort?»

«Tja, das wäre natürlich auch möglich.»

Eine tiefe Unmutsfalte grub sich in die Stirn des Marikroniten. Trotzdem blieb er beim Plauderton. Er schaute Jürgen nicht an, während er weitersprach, sondern betrachtete das Schauspiel des Reisregens, den eine smokingbekleidete Männerschar auf das Paar niedergehen ließ.

«Es würde Ihnen doch sicherlich nicht schwerfallen, das genauer festzustellen, Monsignore?»

«Nein, natürlich nicht. Pater Stanislaw, was ich Sie noch fragen wollte ...»

«Werden Sie das feststellen?»

«Sicherlich, Pater Stanislaw. Das werde ich. Aber was ich Sie noch fragen wollte ...»

«Ja, mein Sohn?»

«Diese Pfarrstelle, von der die Rede war ...»

«Ja?»

«Ich meine, wie soll ich mich da ausdrücken ...»

«Machen Sie sich darüber bitte keine Gedanken, Monsignore. Ihr Fall wird mit Sicherheit weiterhin sehr, sehr wohlwollend behandelt.»

29.

«Wahnsinn!» sagte Horst und starrte mit weit geöffneten Augen auf die mit Oliven, Ananasstückchen, Tomaten und Merrettich dekorierte Platte mit rohen Fleisch-, Fisch- und Garnelen-Spießchen.

«Mongolischer Feuertopf!»

Monika setzte vorsichtig einen Aluminiumtopf auf den Kranz über den Spiritus-Flämmchen. Horst rückte seinen Stuhl nach hinten, um in den Topf schauen zu können.

«Und was ist da drin?»

«Hühnerbrühe.»

«Hühnerbrühe! Wahnsinn!»

«Ja. Die muß jetzt anfangen zu köcheln. Dann geht's los.»

Monika band ihre Hobbykochschürze ab. Darunter trug sie einen hochgeschlossenen schwarzen Einteiler.

«Was geht los?»

«Das Fondue. Mongolischer Feuertopf ist ein Fondue.»

«Fondue?»

«Ja. Ihr steckt die Spießchen in den Topf und wartet, bis sie gar sind. Das ist alles.»

«Ach.» Ein kleiner Unterton der Enttäuschung klang bei Horst mit. Der Anblick hatte ihm gewaltigen Appetit gemacht.

«Dauert nur ein paar Minuten», beschwichtigte Monika und setzte sich zu Horst und Schmahl an den weißgedeckten Eßtisch.

«Und was ist mit Zöller?»

Schmahl hatte bis dahin kein einziges Wort gesagt, mürrisch in die Flammen der über den Tisch verteilten Kerzen gestarrt. Horst hatte ihn mal wieder überfahren. Ihm erst im letzten Augenblick, zwei Stunden vorher, gesagt, daß Zöller und Monika sie zu einem kleinen geselligen Zusammensein eingeladen hätten.

«Wozu denn so was?» hatte Schmahl gefragt.

«Bin schließlich Abo-Kunde in Monikas Laden.»

«Und ich? Was soll ich dabei?»

Horst hatte lässig mit den Schultern gezuckt wie jemand, der kein Verständnis für einen hat, der eine Einladung bei der Königin von England ausschlägt.

»Bist eben mein Kumpel.»

Schon wieder in so 'ner beschissenen Zwickmühle. Gab's eigentlich noch was anderes als Zwickmühlen? Wie du dich auch bewegst: du verlierst immer. Zumindest wird's allmählich verdammt eng. Die Jobs klappen hinten und vorn nicht. Überall wird darüber getratscht. Die Kohle stimmt nicht. Natürlich. Und jetzt noch dieser Bulle, vor dem Anita dich gewarnt hat. Und dieser aufgeblasene Blödmann schnallt nicht die Bohne, um was es überhaupt geht.

«Zöller!» Monikas machte eine wegwerfende Handbewegung. «Zöller kommt später. Der hat noch zu tun. Wir können ruhig anfangen.»

«Ist es so weit?» Horst beugte sich zum vierten Mal über den Topf mit der Hühnerbrühe.

«Ich glaube, ja.»

Horst packte drei Stäbchen, eins mit fein geschnittenem Lammrücken, das andere mit Heilbutt, ein drittes mit Garnelen und steckte sie in den Topf.

«Immer nur eins!» mahnte Monika milde.

«Gibt's Kaffee?» fragte Schmahl.

«Willst du denn nichts essen?»

«Hab keinen Hunger. Kaffee wäre gut.»

«Mach ich dir.»

Monika steckte ein Fisch-Spießchen in den Topf und ging in die Küche. Horst zog sein Stäbchen mit den Garnelen heraus, legte es auf seinen Teller und begann, eine Garnele zu schälen. Er verbrannte sich die Finger.

«Scheiße!»

Schmahl schaute zu, wie er den grünlichen Inhalt des Garnelen-Kopfes auslutschte.

«Das ist das Feinste da dran», sagte Horst. «Gab's damals in Callella. War ich mal in Urlaub.» Dann biß er in den Schwanz des Tieres und spuckte. «Ist ja noch roh, eh! Außen heiß, innen roh!»

Schmahl beobachtete Horst weiter, wie er das nächste Stäbchen aus der Brühe zog und begutachtete.

«Ist ja auch noch roh, Mann! Fondue, Mann! Was ist das für'n Quatsch?»

«Muß man 'n bißchen Geduld für haben.»

Zöllers Stimme klang sanft. Keiner der beiden hatte die Wohnungstür gehört. Zöller zog einen Stuhl heran und schälte sich aus einem dunkelblauen Daunenanorak. Darunter trug er einen dünnen braunen Pullover und ein Schulterhalfter, aus dem eine Sig Sauer ragte. Offen, ohne Sicherungsriemchen. Das Schulterhalfter zog Zöller nicht aus. Er setzte sich, nahm ein Stäbchen und steckte es in den Topf.

«Ich glaub, das kommt aus China. Die Chinesen sind geduldige Leute. Kann man von lernen.» Zöllers Stimme war immer noch sanft. Grinsend sah er zuerst Horst, dann Schmahl an.

«Worum geht's?» Schmahl fixierte Zöllers Augen. Sie waren genauso grau wie sein Gesicht.

«Käse-Fondue dagegen, Raclette und so weiter, 'ne Schweizer Erfindung! Furchtbar! Habt ihr sowas mal probiert? Anschließend hat man einen Stein im Magen.»

Horst zog seine beiden Stäbchen aus dem Topf, fegte mit der Gabel die Fleisch- und Fischstückchen vom Spieß auf seinen Teller und begann zu essen. Während er kaute, griff er nach Zöllers Spieß im Topf.

«Moment! Das ist meiner!» Zöller sprach immer noch im Tonfall eines Grundschullehrers. «Am besten ist, man steckt ein neues Stäbchen rein, bevor man das gare ißt. Darf ich?» Zöller steckte zwei neue Stäbchen in den Topf.

«Was willst du?» Schmahl hatte während der ganzen Zeit kein Auge von Zöller gelassen.

«Oh!» Zöller lehnte sich zurück, schob einen Daumen unter den Schulterriemen seines Halfters.

«Ich wollte euch nur eine kleine Geschichte erzählen.»

«'ne Geschichte. Wie schön.»

«Ja. Und zwar ...»

Monika unterbrach Zöller. Sie stellte Schmahl eine Tasse Kaffee hin, lächelte in die Runde wie eine Hausfrau, die eine Männerrunde nicht stören will, und verschwand wieder.

«'ne verrückte Geschichte. Spielt hier, mitten in Köln. In einem Supermarkt auf dem Hohenzollernring. So vor vier, fünf Wochen. Abends, kurz nach Geschäftsschluß. Haben sich zwei Typen einschließen lassen. In einem Supermarkt! Was die nur wollten?»

Zöller machte eine Kunstpause. Schmahl sah ihn weiter an. Horst hatte nicht richtig zugehört, weil er mit fünf, sechs Spießchen zugleich beschäftigt war.

«Wollten die was mitgehen lassen? Eine Kiste Sekt? Einen Karton Hundefutter?» Zöller blickte wie ein Schauspieler, der sein Publikum in Spannung halten will, von Schmahl zu Horst, von Horst zu Schmahl.

«Nee, die wollten keinen Sekt. Und die wollten auch kein Hundefutter. Wißt ihr, was die wollten? Die Tageskasse klemmen wollten die! Das muß man sich mal vorstellen!»

Auch Horst hörte jetzt zu, nicht ganz so aufmerksam wie Schmahl, denn ab und zu mußte er sich ein wenig aus seinem Stuhl erheben, um die Spießchen im Mongolischen Feuertopf im Auge behalten zu können.

«Tja, die Tageskasse, da ging's ihnen drum. Aber da hatten sie Pech. Es gab da so ein komisches Zeitschloß im Tresor. Hatten die wohl noch nie von gehört, von sowas, die Brüder. Kamen an die Kohle einfach nicht ran. Richtig Pech. Na ja, und dann mußten sie mit läppischen achthundert Mark Leine ziehen. Schade. Irgendwie eine traurige Geschichte, wenn ich's mir so recht überlege, nicht?»

Schmahl schälte ein Päckchen Reval aus seiner Jackentasche.

«Hast du Beweise?»

«Beweise?» Zöller sagte das, als hätte er etwas ganz Wichtiges vergessen und deswegen jetzt ein furchtbar schlechtes Gewissen. «Ach, Beweise!» Er machte eine Handbewegung, als wolle er das schlechte Gewissen wegwischen. «Wir sind doch hier nicht bei der Kripo. Das ist doch ein geselliger Abend hier. Mit allem Drum und Dran. Wie wär's mit einer kleinen Videovorführung?»

Zöller hielt jetzt eine Fernbedienung in der Hand und drehte sich auf seinem Stuhl um in Richtung Fernsehgerät.

«Habt ihr Lust?»

Ohne eine Antwort abzuwarten, drückte Zöller auf einen Knopf der Fernbedienung. Auf dem Bildschirm erschien ein Farbbalken.

30.

Eigentlich seltsam, wie nachhaltig Pater Stanislaw sich für die Adveniat-Kollekte interessiert. Warum wohl? Na schön, der kommt aus Polen. Vielleicht, daß das da anders vor sich geht mit den Kollekten. Vielleicht will er sich ein wenig kundig machen über das Procedere hier. Modernes Kollekten-Management. Ist ja auch ein irrer Markt, der Spenden-Markt. Da braucht man Fachkenntnisse!

«Gibst du mir bitte noch mal das Telefon, Hansi?»

Hansi, der Wirt vom *Grünen Wald*, reagierte mit einem beleidigten Blick. Nicht, weil er was gegen Jürgen hätte. Hansi hatte solange nichts gegen seine Gäste, solange sie ihre Deckel zahlten. Und das tat Jürgen. Und er hatte auch nichts dagegen, daß Jürgen im *Grünen Wald* einige Mitglieder seiner kleinen Gemeinde zu betreuen pflegte. Hansi waren nur alle Extra-Serviceleistungen zuwider. Wie etwa das Telefon zu reichen. Außerdem war es ein neues, drahtloses Telefon. Widerwillig gab er es Jürgen.

«Biste hier auf'm Postamt oder in 'ner Kneipe? Ist jetzt das dritte Mal!»

«Ich bekomme einfach keinen Anschluß», entschuldigte sich Jürgen. «Ist ständig besetzt.»

«Dann machste bestimmt was nicht richtig mit dem Apparat. Mach mir das Ding nicht kaputt!»

Während Jürgen die Nummer von Pater Stanislaw eintippte, kamen Vera und Emil, ein altes Ehepaar, zur Kneipentür herein. Jürgen winkte, bedeutete ihnen, daß er sich gleich zu ihnen setzen würde. Zwei seiner Schäfchen, wie Jürgen zu sagen pflegte. Sie kamen jeden Abend in dieses trostlose, schmuddelige Lokal, in dem Hansi immer nur eine Art Notbeleuchtung brennen hatte, um Strom zu sparen. Früher, bevor Hansi den *Grünen Wald* übernommen hatte, trafen sich hier alle aus dem Friesenviertel.

Vera und Emil waren übriggeblieben. Der Weg zur nächsten Kneipe war ihnen zu weit. Emil hatte einen Schlaganfall gehabt. Seitdem schenkte Jürgen ihm vermehrte Aufmerksamkeit. Die Letzte Ölung war sein Lieblingssakrament. Endlich! Ein Freizeichen.

«Ich bin's. Guten Abend, Pater Stanislaw!»

«Guten Abend, Monsignore. Gibt es Neuigkeiten?»

«Tja, Pater Stanislaw. Modernes Kollektenmanagement ist in der Tat einfacher, als es sich der Laie vorstellt. Zumindest die Basisorganisation, wenn ich mich so ausdrücken darf. Küster Welter, der Küster von St. Gereon, war so freundlich, mich da weitgehend aufzuklären. Ein alter Freund sozusagen. Hat mir nach diesem Eklat, von dem ich Ihnen ja berichtet habe, die Treue gehalten sozusagen. Und er hat auch keinen Augenblick lang ...»

Pater Stanislaw am anderen Ende der Leitung räusperte sich. Es klang ein wenig ungeduldig.

«Nun, Pater Stanislaw, es ist so, und das trifft nicht nur auf St. Gereon zu, sondern, was für Sie ja interessant sein dürfte, das wird in jeder Pfarrei der Erzdiözese so gehandhabt. Am Montag nach der Kollekte wird das Geld vom Rendanten der Pfarrei unter Aufsicht von zwei Mitgliedern des Kirchenvorstandes gezählt. Wobei anzumerken ist, daß der Pfarrer von St. Gereon in der Nacht von Sonntag auf Montag die Geldkassette im Pfarrhaus verwahrt. Was für mich natürlich insofern interessant ist ...»

Ein etwas lauteres Räuspern unterbrach Jürgen erneut. Mein Gott! Was ist los? Bist du wirklich so eine Plaudertasche? Was soll Pater Stanislaw für einen Eindruck von dir bekommen? Hilfesuchend wanderte Jürgens Blick zum Tisch von Vera und Emil. Die prosteten ihm freundlich zu.

«Fahren Sie fort, mein Sohn!»

«Tja, Pater Stanislaw. Nun weiß ich nicht, was Sie genau wissen wollen. Vielleicht, daß ich Ihnen noch etwas über die Ankündigung speziell der Adveniat-Kollekte berichte. Die Werbung sozusagen. Da nämlich scheint mir das Erfolgsrezept gerade dieses Spendensektors ... »

«Wird das Geld von der Pfarrei gleich zur Bank gebracht oder was geschieht damit?»

«Ach ja, ach ja. Das ist nun abhängig von den einzelnen Pfarreien. In den meisten außerstädtischen Pfarreien wird das so gehandhabt, daß der Rendant nach dem Zählvorgang das Geld in eine Geldbombe steckt, zur Bank bringt und es auf das Adveniat-Konto in Aachen überweist.»

«Ach.» Pater Stanislaws Stimme klang ein wenig enttäuscht.

«In den innerstädtischen Dekanaten allerdings – darf ich Ihnen kurz erklären, was ein Dekanat ist, Pater Stanislaw? Also Dekanat nennt man die Gemeinschaft von zehn, griechisch deka, von zehn Pfarreien, die ...»

«Und wie wird das da gehandhabt?»

«Nun, da ist man vor einiger Zeit dazu übergegangen, weil die Rendanten überlastet sind, sie machen ihre Arbeit ja auch nur ehrenamtlich, wie alle Kirchenvorstandsmitglieder, also da ist man zu der Praxis übergegangen, daß ein Wagen eines Werttransportunternehmens die Spendengelder aus allen innerstädtischen Pfarreien einsammelt und zum Generalvikariat bringt.»

Kurzes Schweigen am anderen Ende der Leitung.

«Und dort? Was geschieht dort damit?»

«Wie meinen Sie, Pater Stanislaw?»

«Wird es von dort gleich überwiesen oder was geschieht mit dem Geld?»

«Da bin ich leider überfragt, Pater Stanislaw. Das weiß ich wirklich nicht. Ich habe zwar ganz gute Verbindungen zum Generalvikariat, Prälat Oxenius ist sozusagen ein alter Schulfreund von mir, wenn auch zur Zeit nicht allzugut ...»

«Wenn Sie das für uns herausfinden würden, Monsignore?»

«Nun, Pater Stanislaw, wie ich gerade andeutete, Prälat Oxenius ist derzeit nicht ...»

«Sie sind ein so tüchtiger Mensch, Monsignore. Es wird Ihnen gewiß ein Leichtes sein, uns auch über diesen Punkt der Kollektenorganisation Informationen zu geben.»

«Aber gewiß, Pater Stanislaw.»

«Ich danke Ihnen, Monsignore.»

«Ach, was ich Sie noch fragen wollte. – Pater Stanislaw?»

Jürgen lauschte in den Hörer. Pater Stanislaw hatte aufgelegt.

31.

Das Bild war leicht unscharf. Man erkannte ein altes Fachwerkhaus. Wackelnd zoomte die Kamera auf den Eingang des Hauses, bis man groß das beleuchtete Schild über der Tür erkannte: *Sturzbachmühle. Täglich frische Bergische Waffeln.* Ruckartig wurde zurückgezoomt. Die Tür ging auf. Schmahl erschien. Eine Pistole in der Hand. Er blickte sich nach links und rechts um, steckte die Pistole in den Gürtel. Dann trat er aus der Tür. Hinter ihm Horst. Eilig drängte er sich an Schmahl vorbei und verschwand rechts aus dem Bild. Die Kamera blieb auf Schmahl. Zoomte auf sein Gesicht.

Zöller drückte auf einen Knopf der Fernbedienung. Das Bild fror ein.

«Warum der wohl stehen bleibt?» fragte Zöller, immer noch im Tonfall eines Lehrers, der es mit begriffsstutzigen Schülern zu tun hat. Niemand antwortete ihm. Das hatte Zöller auch gar nicht erwartet.

«Ob der seinen Regenschirm vergessen hat und noch mal zurückwill?»

Zöller blickte zuerst Horst, dann Schmahl an. Die erwiderten seinen Blick nicht. Schauten auf den Fernseher und auf Schmahls flimmerndes, grobkörniges Gesicht.

«Nein», sagte Zöller und legte Kenner-Timbre in seine Stimme. «Der ist schlau, der Junge. Der andere, der kleine Dicke, das ist ein Blödmann. Blind.»

«Moment eh!» rief Horst.

«Der läuft einfach zum Wagen, will mit den lächerlichen sechzehnhundert Mark schnell verduften. Aber der hier ist schlau!» Zöllers Zeigefinger deutete auf den Bildschirm. «Der weiß nämlich, daß der Wirt jetzt rauskommen wird.»

Das Bild bewegte sich wieder. Rückfahrt in die Totale. Die Tür ging auf. Durch den Türspalt schob sich langsam der Doppellauf einer Schrotflinte. Schmahl trat einen halben Schritt zur Seite. Hinter dem Gewehrlauf war jetzt ein breites Gesicht unter einer Halbglatze zu erkennen. Schmahl wartete noch einen Augenblick, dann packte er den Lauf mit beiden Händen, hebelte dem Glatzkopf, der durch diese Aktion aus der Tür gezogen wurde, das Gewehr aus der Hand und schleuderte es zur Seite in ein Gebüsch. Im gleichen Augenblick hatte er seine Kanone gezogen, hielt sie dem Glatzkopf ans Ohr, sagte etwas, das man nicht hören konnte. Man hörte überhaupt fast nur Rauschen aus dem Lautsprecher des Fernsehers. Dann verschwand der Glatzkopf wieder hinter der Tür. Schmahl drückte sie von außen zu, dann ging er aus dem Bild. Farbbalken.

«Das war Nummer sechs. Das vorletzte Ding von den Beiden, das ich mitgedreht habe», erklärte Zöller. «Eine ganz schöne Serie: Überfall auf den Typ aus der Stadtsparkasse. Überfall auf den Supermarkt. Überfall auf das Café, das *Spitz* auf der Ehrenstraße. Überfall auf die Tankstelle am Bonner Verteilerkreis. Die Disco in Bergheim ...»

Horst und Schmahl schwiegen, starrten auf den Farbbalken. Zöller beugte sich nach vorn, zu ihnen hin.

«Noch eins?»

Horst war kreidebleich. Schmahls Gesicht versteinert. Zöller drückte wieder auf den Knopf der Fernbedienung. Man erkannte jetzt in der Totalen deutlich die Brüsseler Straße. Rascher Schwenk nach links. Ein weißer Golf hielt vor dem Eckkiosk am Brüsseler Platz. Horst stieg zuerst aus, dann Schmahl. Zoom in die Halbtotale. Horst, zur Hälfte vom Golf verdeckt, ging auf die Straßenausgabe des Kiosks zu. Schmahl öffnete die Tür, die ins Innere des Ladens führte.

«Mach aus!» sagte Schmahl.

«Aus? Wieso denn aus? Wird doch gerade richtig lustig!» Zöller heuchelte Empörung, tat wie ein Kind, dem man die Muppet-Show abstellen wollte.

«Da! Guck da! Jetzt geht der kleine Dicke auch rein. Tür zu. Und jetzt: Tür wieder auf. Kommt der Dicke wieder raus. Und da, der kleine Blödmann wieder ganz hektisch. Also nee! Eigentlich könnte der doch so eine Figur wie Bob Hoskins abgeben. Der ist auch klein und dick. Aber cool! Habt ihr nicht gesehen, wie der in *Mona Lisa* dem Zuhälter zack das Nasenbein bricht? Einfach so, zack! Aber das da ...»

Zöllers Zeigefinger deutete wieder auf den Fernsehapparat, als wäre es nötig, die Aufmerksamkeit der beiden auf den Film zu lenken. Man sah, wie der weiße Golf vorne und hinten von zwei Taxis eingekeilt wurde, Horst wie wild mit seiner Kanone herumfuchtelte, aber die Taxifahrer offensichtlich nicht dazu bewegen konnte, wieder wegzufahren.

«Mach aus!» Schmahl fixierte Zöller. Der erwiderte den Blick, blieb aber bei seinem gemütlichen Tonfall.

«Ist dir peinlich, hä? Hätte man wissen müssen, daß das ein Taxifahrer-Kiosk ist und die Jungs keine zwanzig Meter davor parken und Kaffee trinken. Richtig? Scheiß-Situation für die beiden Arschlöcher da. Schau dir das an!»

Ein drittes Taxi fuhr ins Bild, setzte sich neben den Golf, der jetzt überhaupt keine Möglichkeit mehr hatte wegzukommen. Dann erschien Schmahl in der Kiosk-Tür.

«Den find ich trotz allem irgendwie gut, den Typ», kommentierte Zöller. «Erinnert mich an den jungen Alain Delon im *Eiskalten Engel*. Irgendwie hat der Klasse, finde ich. Da!»

Zöller nickte zum Fernseher hinüber. Man sah Schmahl von der Kiosk-Tür auf das Taxi vor dem Golf zugehen, die Fahrertür öffnen. Dann beugte er sich ins Innere des Wagens. Es war nicht zu erkennen, was er machte, obwohl das Bild jetzt wieder bis zur Halbtotalen herangefahren war. Schmahl riß den Taxifahrer aus seinem Sitz heraus, schleuderte ihn auf die Straße, setzte sich ins Taxi und fuhr los. Das Bild wackelte, Schwenk nach rechts, wieder nach links. Farbbalken. Zöller betätigte die Fernbedienung. Der Farbbalken schmolz in sich zusammen, bis in der Bildmitte nur noch ein violetter Punkt zu sehen war, dann erlosch auch der mit einem leisen Klicken.

«Tja!» Zöller lehnte sich zurück, blickte von Horst zu Schmahl, wieder zu Horst. Er setzte eine Miene auf, als erwartete er Beifall für ein gelungenes Zauberkunststück.

«Haarscharf war das. Hatten Schwein, die beiden. Der kleine Dicke ist zu Fuß abgehauen und der andere im Taxi.»

Zöller beugte sich zu Schmahl hinüber.

«Haarscharf! Und wegen was? Wegen ganzen sechshundertzwanzig Mark!»

«Was willst du?» Schmahl war vor Zöllers grauem, faltigen Gesicht nur eine Spur zurückgewichen.

«Einbunkern will der uns, ist doch klar, Mann!»

Zöller bedachte Horst mit einem kurzen, mitleidigen Blick und sprach weiter zu Schmahl.

«Auf eurem Fall sitzt in meiner Abteilung ein Typ, der ein bißchen überlastet ist.» Zöller machte wieder eine Kunstpause. «Und ein Alkoholproblem hat. Trotzdem. Euer Fall erledigt sich von selbst. Über kurz oder lang. Da braucht keiner von uns einen Finger für krumm zu machen. Beim nächsten oder übernächsten Ding lauft ihr zwei armen Irren einer Streifenwagenbesatzung in die Arme oder sonstwas passiert. Wenn ihr bis dahin nicht verhungert seid, ihr Penner.»

«Brauchst du dich also gar nicht drum zu kümmern. Eigentlich.»

«Eigentlich nicht, richtig.»

«Also?»

«Also was?»

«Was du von uns willst. Das ganze Theater hier!»

«Was ich will? Helfen will ich euch, Jungs! Weil ich denke, ihr braucht einen Manager. Richtig?»

32.

«Ist doch gar nicht so schlecht, Mann! Ist sogar super. Der Typ hat Connections. Und der weiß, wo was zu holen ist. Siehste doch! 'nen Bullen in der Mannschaft zu haben ist sowieso überhaupt das Beste, was dir passieren kann. Hält dir den Rücken frei und so weiter. Super ist das, Mann!»

Schmahl zog an einer frischen Reval. Er sah an Horst vorbei und hielt den Eingang des Generalvikariats im Auge.

«Also dir mit Logik zu kommen, geht sowieso nicht. Aber ich versuch's trotzdem: Erstens ...»

«Erstens, zweitens, drittens», äffte Horst. «Was hat das mit Logik zu tun? Logisch ist, daß hier jede Menge Kohle zu holen ist. Und absolut easy. Das ist Logik!»

«Erstens will der Bulle fünfzig Prozent.»

«Na und? Von 'ner Viertelmillion sind fünfzig Prozent immer noch 'ne Menge.»

«Red doch nicht dauernd von der dämlichen Viertelmillion! Wir wissen überhaupt noch nicht, was da drin ist. Ist doch nur das blöde Gelaber von dem Schmierentypen. Und der weiß auch bloß von diesem falschen Pfaffen, daß da in einer Pfarrei ein paar Tausender drin sind, mehr weiß der auch nicht. Alles Informationen aus dritter Hand.»

«Mann eh! Ist doch logisch. Das ist Logik! Da muß man bloß ein bißchen Phantasie für haben. Und das ist das letzte, was du hast, Mann. Wenn in einer Pfarrei ein paar Tausender drin sind, dann sind in zehn, zwanzig, dreißig, vierzig Pfarreien eben zehn-, zwanzig-, dreißig-, vierzig mal so viel drin, Mann. Das ist Logik!

«Aber wir wissen es nicht! Das ist der Punkt. Wir wissen überhaupt noch nicht, wie das Ganze hier abgeht. Nichts wissen wir!»

«Kriegen wir doch raus, eh. Dafür beschatten wir den Typ doch, oder?»

«Und wenn wir nicht wissen, wieviel da drin ist, dann sind fünfzig Prozent eben absolut Scheiße. Erstens. Zweitens: Deine Regeln! Mach kleine Dinger. Mach sichere, kleine Dinger. Weil, je größer ein Ding ist, umso riskanter. Das ist der Punkt, wo deine ganzen Regeln drauf raus laufen. Und wenn hier tatsächlich paar zig Riesen drin sind, dann ist das eben zu riskant.»

«Aber das ist *die* Chance, Mann! Hast doch gesehen, was bei den kleinen Dingern rübergekommen ist. Kann man sich doch den Mund mit abputzen.»

«Lag an deinen beschissenen Ideen. Nur Scheiß-Ideen! Das Kiosk! Absolute Fehlplanung.»

«Hattest du bessere Ideen?»

Schmahl antwortete nicht. Schnippte seine Kippe auf die Straße.

«Hast du die zwei Typen da drüben nicht schon mal gesehen?»

«Welche Typen?» Horst sah suchend die Marzellenstraße hoch.

«Da!»

Schmahl nickte zum Generalvikariat hinüber. Links neben dem Eingang, in einer Garagenzufahrt mit automatischem Rolltor, standen zwei Männer. Zigaretten rauchend. Beide trugen altmodische, lange, zweireihig geknöpfte schwarze Lederjacken. Der größere eine lederne Schlägerkappe. Sie blickten den vorüberfahrenden Autos nach. Schienen auf irgendjemanden zu warten.

«Nee», sagte Horst.

«Die hab ich gestern schon mal gesehen. Als wir vor St. Gereon auf den Typen gewartet haben.»

«Echt?»

«Ja.»

«Ist nich möglich!»

Der Typ ohne Kappe, mit langen, öligen dunklen Haaren und langen Koteletten guckte zu Horst und Schmahl, die im Eingang des Postgiroamtes standen. Ohne den Kopf zu wenden, sagte er etwas zu dem Lederkappen-Typen. Der guckte jetzt auch rüber, dann wieder weg. Die beiden gingen ein paar Schritte Richtung Eigelstein, blieben wieder stehen. Rauchten gelangweilt.

«Bullen?» fragte Horst.

«Bullen! So seh'n doch keine Bullen aus. So seh'n rumänische Schwarzarbeiter aus. Oder polnische Schlepper.»

«Hm», machte Horst. «Is'n Zufall, wahrscheinlich.»

«Glaub ich nicht.»

«Was denn sonst?»

«Leute von dem Bullen.»

«Von Zöller? Wieso von Zöller? Wir sind doch auf diesen Pfaffen angesetzt!»

«Genau. Das ist genau der richtige Ausdruck: angesetzt. Wir sind die Lakaien von dem Saukerl. Hilfsarbeiter. Wasserträger. Machen für den die Drecksarbeit. Und der hält die Hand auf. So ist das. Und ...»

«Wieso machste dann den Job, wenn du dir zu fein dafür bist?» Horst wurde immer giftiger. Scheiß Schmahl! Klugscheißer. Richtiger Klotz am Bein. Du stehst vor dem größten Ding deines Lebens. Vor 'ner reellen Chance. Und der mäkelt und meckert. Sieht überhaupt nicht, was für 'ne Goldgrube dieser Zöller ist. Hat keinen Blick für die Dimension des Dings, die Dimension des ganzen Unternehmens.

«Und hast du mir nicht erzählt, daß die zwei Typen in deinem Krimi, wo du die Regeln herhast, deswegen geschnappt werden, weil sie sich auf ein großes Ding und auf einen richtig schweren Jungen einlassen?»

«Ist doch Fiction, Mann. Ist doch 'n Roman!»

«Ach, auf einmal ist das 'n Roman!»

«Und im übrigen sind wir hier nicht in Detroit, sondern in Köln, Mann. Da läuft das sowieso anders.»

«Tatsächlich?»

Jürgen erschien im Eingang des Generalvikariats. Dicht hinter ihm kam ein kompakter kleiner Mann in einem dunkelblauen Wollmantel aus der Tür. Unter seinen grauen, kurzgeschorenen Haaren leuchtete eine dicke rote Nase. Die beiden gingen Richtung Eigelstein. Jürgen redete gestikulierend auf seinen Begleiter ein. Horst setzte sich in Bewegung, wollte hinterher.

«Moment!» sagte Schmahl und deutete mit der Kinnspitze auf die beiden Lederjacken. Die ließen Jürgen und den Kleinen passieren ohne sie zu beachten. Sie rauchten weiter und blickten den Autos nach.

«Siehste», sagte Horst. «Alles Quatsch. Du hast jetzt schon die Hosen voll. Siehst Gespenster, Mann.»

«Warte 'ne Sekunde», sagte Schmahl.

Die Lederjacken traten gemächlich ihre Kippen aus, blickten sich um. Dann setzten sie sich in Bewegung, ließen vierzig, fünfzig Meter Abstand zu Jürgen und der Rotweinnase.

33.

Was Jürgen am *Weinhaus Vogel* am meisten schätzte, war ein starkes dunkles Bier namens Hopfenblut. Ein leckeres Bier, das er sonst noch nirgends in der Stadt bekommen hatte. Jürgen lobte das Bier in den höchsten Tönen, doch Prälat Oxenius bestand auf einem leichten roten Württemberger, einem Trollinger.

«Das ist das Richtige für den frühen Nachmittag!» sagte der Prälat und steckte schnuppernd seine von dutzenden von rotvioletten Äderchen verfärbte klobige Nase in den Römer. Er nahm ein wenig Wein in den Mund, biß darauf herum als kaue er an einem Stück Brot, gurgelte, dann erst schluckte er.

«Also wie gesagt, mein – ehem – lieber Jürgen. Ich wüßte wirklich nicht, was ich noch für dich tun könnte.»

«Oxenius!»

Jürgen legte noch einmal die ansonsten bewährte Mischung aus zerknirschter Reue und inständig-verzweifeltem Flehen in seine Stimme. Vergebens. Der Prälat nahm seine Hände vom Weinglas, streckte sie mit den Innenflächen Jürgen entgegen, schloß dabei die Augen und schüttelte den Kopf.

«Nein. Ich hab das bereits einmal gemacht, mein – ehem – lieber Jürgen. Und es wird kein zweites Mal geben. Ganz abgesehen davon, daß ich Pfarrer Küppers nichts oktroyieren kann, ihm nicht sagen kann, was er zu tun oder zu lassen hat. Die Anzeige wird also nicht zurückgenommen werden und damit - ehem - mein lieber Jürgen, sehe ich nun überhaupt keine Aussicht mehr auf eine weitere Bestallung für dich als Diakon. Und, mein lieber Jürgen, was ich – ehem – dir immer schon einmal sagen wollte ...» Das Gesicht des Prälaten nahm jetzt jäh eine leuchtend rote Farbe an, die Nase verfärbte sich in ein tiefes Blau.

«Was deinen – ehem – Lebenswandel anbetrifft ...»

«Bitte, Oxenius. Laßt uns schweigen.»

Der Prälat befolgte Jürgens Hilferuf, senkte seine Nase nun vollends ins Weinglas, und allmählich wich die Röte aus seinem Gesicht.

Jürgen war die Situation schon lange peinlich. Er fühlte sich von allen Seiten belauert, beobachtet, angestarrt. Und das seit Tagen. So etwas wie Verfolgungswahn? Das schlechte Gewissen? Weil er kurz davor stand, ein Abtrünniger zu werden, ein Verräter, ein Sektierer?

Um beim Gespräch nicht belauscht werden zu können, hatte er sich mit dem Prälaten nicht in den Schankraum der Kneipe, wo sich zu jeder Tageszeit die halbe Einwohnerschaft des Eigelsteinviertels traf, gesetzt, sondern in den flurartigen, am Nachmittag kaum besuchten Gastraum. Jürgen blickte sich um. Immer noch wenig Publikum. Zwei Tische hinter ihnen saßen zwei Männer in dicken Lederjacken, die sich rauchend und schweigend, anscheinend völlig gelangweilt, umschauten. Zwei weitere Männer saßen in der Nähe der Tür. Der eine hatte sich zum Eingang hin abgewandt. Der andere, ein kleiner Dicker mit dünnem schwarzen Schnurrbart, schaute ungeniert, mit unverhohlener Neugierde herüber. So, als wollte er jedes Wort, das Jürgen und der Prälat wechselten, mitbekommen.

Jürgen stutzte. Irgendwie kam ihm dieser penetrante Mensch bekannt vor. Woher kannte er ihn bloß? Er drehte sich wieder zu den beiden anderen Männern um. Auch die hatte er schon einmal gesehen. Aber wo? Das ist doch nicht die Möglichkeit! Drehst du jetzt ganz durch? Plagen dich am hellichten Tage schon Déjà-vus, Halluzinationen? Macht dein schlechtes Gewissen dich allmählich zu einem Wahnsinnigen? Jürgen nahm einen tiefen Zug aus dem Hopfenblut-Krug. Schloß währenddessen die Augen. Konzentrier dich!

«Tut mir leid, mein – ehem – lieber Jürgen, dir nicht helfen zu können», sagte der Prälat, während er gleichzeitig Maria, der Bedienung, winkte, um ein neues Glas Trollinger zu bestellen. Dann schaute er Jürgen an, der mittlerweile leichenblaß geworden ist.

«Ist dir nicht wohl, mein lieber Jürgen?»

«Doch, doch», sagte Jürgen. «Geht schon wieder. Es ist schon in Ordnung. Ich kenne ja auch deine Situation, lieber Oxenius.»

Er hatte sich wieder im Griff. Dann mußte er eben jetzt den nächsten Schritt tun. Es half nichts mehr.

»Unsere liebe Kirche ist eben ein wohlgeordnetes Gefüge, ein streng bestelltes Haus.»

«Genauso ist es, mein lieber Jürgen.»

«Aber was ich dich noch fragen wollte, lieber Oxenius. Ich habe da soeben geistlichen Besuch aus Polen. Einen Ordensvorsteher. Hochgebildeter Mann übrigens. Nun, wie's der Zufall will, interessiert sich dieser Ordensmann exakt für dein Spezialgebiet, lieber Oxenius, das Kollektenwesen.»

«Das ist ja interessant!»

«Ja, mein lieber Oxenius. Genauer: Er interessiert sich für das Procedere bei der Adveniat-Kollekte, die man in Polen in der bei uns üblichen Form wohl nicht kennt.»

«Oh, mein lieber Jürgen, ein weites Feld.»

In des Prälaten dunklen Augen funkelte die Begeisterung des Fachmannes, der aufgefordert wird, über sein Lieblingsgebiet zu plaudern. Er leerte sein Weinglas, legte seine Rechte auf die ausgestreckte Hand Jürgens, aber zog sie gleich wieder zurück, als ihm Jürgens Vorlieben einfielen.

«Da ich dir anderweitig so wenig helfen kann, hierbei will ich es mit Vergnügen tun! Aber zuerst, denke ich, trinken wir noch ein Gläschen.»

34.

Der letzte der Bodybuilder, die in Monikas Bar nach dem Training regelmäßig ihre Eiweißdrinks schlürften, hatte sich verabschiedet. Monika räumte die Stehtische ab und knipste dann, zurück hinter der Theke, die Lampen über den Tischen aus. Nur die grüne Neon-Doppelröhre über dem Tresen blieb an und zeichnete Horsts Gesichtszüge noch eine Spur vergrämter, als sie heute abend ohnehin waren.

«Jetzt reiß dich mal 'n bißchen zusammen, Schätzchen!» Monika hatte begonnen, die Gläser zu spülen. Sie blickte kurz zu Horst hinüber, der sich an einem halbleeren Kölschglas festhielt wie ein Ertrinkender an einer Planke.

«Meinst du, mir ging's besser als dir? Guck dich doch mal um! Viertel nach neun, und der Laden hier ist leer. Beim *Brinkmeyer* oder im *Bushido* ist bis halb zwölf volle Kanne Betrieb!»

«Klein, aber fein», murmelte Horst.

«Hä!» Monika rückte die gespülten Gläser auf dem Tresenblech zusammen. «Schön wär's!»

Horst schob sein leeres Kölschglas in ihre Richtung.

«Sauf nicht so viel. Ersäufst dich in deinem mickrigen Selbstmitleid, wo du doch gar keinen Grund zu hast.»

Trotzdem zapfte sie ein Kölsch.

«Keinen Grund? Ich bau ein prima Geschäft auf, zieh dann noch so'n dicken Fisch an Land, eh. Und was macht mein verschissener Partner?»

«Der kann dich gar nicht hängen lassen, Schätzchen. Ich weiß überhaupt nicht, worüber du dir 'nen Kopf machst. Kann er gar nicht. Hockt da so tief drin, daß er gar nicht mehr rauskann. Der muß!»

«Blödmann. Flasche. Pflaume. Meinst du, das macht Spaß, wenn dir einer das dauernd an den Kopf wirft? Wenn du nicht die Bohne für ernst genommen wirst? Nur angemeckert, angeschissen? Wo du selbst der Kopf von dem Ganzen bist? Der Mann mit den Ideen, mit der Phantasie?»

«Der Kopf ist Zöller.»

«Zöller! Für den bin ich doch auch bloß Blödmann Nummer eins! Meinst du, der nimmt mich ernst?»

«Wem erzählst du das? Ich kenn Zöller ein paar Jahre länger als du. Meinst du, mich nimmt der ernst? Was meinst du, was ich alles mitgemacht hab mit dem! Meinst du, der kümmert sich um mich, um Max, um das Geschäft?»

«Hm», machte Horst und trank das Kölsch aus. «Wie bist du an den eigentlich gekommen?»

Er stierte Monika mit glasigen Augen an. Sie zapfte ihm wortlos ein neues Kölsch.

«Der hat mich damals aus 'ner Sache rausgehalten. Als mein

Ex-Typ mit heißer Ware hochging. Das war sein erstes illegales Ding, daß er die Beweismittel unterschlug. Vorher war der eigentlich 'n korrekter Bulle.»

Horst betrachtete ihr Gesicht. Zum ersten Mal meinte er heute abend etwas Weiches, Liebenswertes darin zu entdecken. Zumindest einen kummervollen Zug um die Mundwinkel, der Mitleid erwecken könnte. Und sie eigentlich noch hübscher machte als sie ohnehin schon war. Wenn er nicht wüßte, was für'n Biest sie ist! Aber vielleicht ist sie doch anders, als sie tut.

Monika stellte ihm das neue Kölsch hin. Sie stützte sich mit beiden Händen auf die Theke.

«Was meinst du, wie gern ich hier alles hinschmeißen würde, Max einpacken und einfach abhauen würde!»

Horst starrte in ihre irisierenden grünen Augen. Er blinzelte. Das Grün ihrer Augen dehnte sich zu einer flimmernden Breitwandleinwand, auf der in traumhafter Zeitlupe ein Film mit grünblauen Lagunen ablief, mit unendlich langen weißen Stränden, Palmen, Segelbooten, Hängematten. Mit Monika, die sich nackt im seichten grünen Wasser fläzte, Monika, die sinnlich lächelnd herüberwinkte, ein Glas Bacardi-Tonic in der Hand schwenkend.

«Ach!» sagte Monika im Tonfall einer frustrierten Hausfrau, nahm sich ein gespültes Glas und begann, es mit nachlässigen Bewegungen abzutrocknen.

«Kann sich alles ändern», sagte Horst. Er räusperte sich, um das Lallen aus der Stimme zu bekommen. «Kann sich alles ändern. Mit dem Adveniat-Coup. 'ne Viertelmillion. 'ne Menge Schotter!»

«Hah.» Monika hauchte gegen ein Longdrinkglas und polierte es. «Da bleibt nicht viel von übrig. Nicht für mich. Fünfzig Prozent geh'n an Zöller. Der Rest für dich und Schmahl. Und an Zöllers Anteil, da kann ich gerade mal dran riechen.»

«Vorausgesetzt», sagte Horst, der seine Stimme jetzt wieder ganz unter Kontrolle hatte, sogar so etwas wie Bestimmtheit hineinlegen konnte. «Vorausgesetzt, es wird tatsächlich geteilt.»

«Ach?» sagte Monika. Gar nicht mehr im Tonfall einer frustrierten Hausfrau.

35.

«Und was willst du mit dem Geld machen?»

Schmahl machte eine unbestimmte, träge Geste mit der Hand. Er drehte sich vom Rücken auf die Seite und schaute Anita an.

«Von hundertfünfundzwanzigtausend», sagte Anita, während sie sanft mit zwei Fingern Schmahls Brusthaare zwirbelte, «ist die Hälfte immerhin gut sechzigtausend. Da kann man doch schon was mit anfangen!»

«Redest du jetzt auch schon von der Viertelmillion?»

«Hast du doch selbst von gesprochen.»

«Nein, hab ich nicht.»

Schmahl drehte sich wieder auf den Rücken, starrte gegen die niedrige Decke seines Appartements.

«Okay», sagte sie.

«Nicht okay», sagte Schmahl. «Hast du das von Zöller, das mit der Viertelmillion?»

Anita kletterte vorsichtig über ihn und beugte sich hinunter nach seinen Zigaretten, die auf dem Boden lagen.

«Ich dachte, du rauchst nicht.»

«Nur in besonders angenehmen Situationen.»

«Von wem hast du das mit der Viertelmillion?»

Anita stützte sich auf einen Ellenbogen. Sie lehnte halb über Schmahl, ein Bein zwischen seinen. Sie liebkoste ihn mit dem Knie.

«Ach!» Das kam unbestimmt, ausweichend, und es folgte keine weitere Antwort.

«Der erzählt dir scheinbar viel, der Zöller», sagte Schmahl.

«Ich krieg manchmal mit, wenn Zöller und Monika miteinander reden.»

«Ach ja. Und was reden sie?»

«Sie haben ständig Streit. Irgendwelche Nichtigkeiten.»

«Und über die Viertelmillion? Das Adveniat-Ding? Was reden sie darüber?»

«Nichts. Außer eben, daß es dabei um viel Geld, eben diese Viertelmillion, geht.»

«Hm.»

«Sei nicht so mißtrauisch. Gib mir lieber mal den Aschenbecher», sagte Anita. Schmahl guckte weiter gegen die Decke.

«Richtig fröhlich bist du nie. Immer verschlossen, zu. Selbst, wenn wir miteinander schlafen.»

«Fröhlich? Warum soll ich fröhlich sein?»

«Zum Beispiel, weil du mit mir zusammen bist.»

«Stimmt. Das ist eigentlich ganz gut.»

«Ganz gut!»

«Doch», sagte Schmahl. «Das ist wirklich gut.»

Er schloß die Augen.

«Woran denkst du?»

Schmahl antwortete nicht gleich. Lachte dann.

«Daran, daß ich nicht schon wieder kann.»

«Braucht ja nicht gleich zu sein», sagte Anita.

Schmahl fuhr mit der Hand ihre Wirbelsäule entlang. Auf ihrem Po hatte sie dunkelblonde Härchen. Kaum zu sehen. Ganz fein zu spüren. Sie hatte einen hübschen Arsch. Schmahl mochte ihn. Und er mochte sie. Die ist nett. Lieb. Eigentlich fast zu lieb. Naiv? Es war auf jeden Fall gut, mit ihr zusammen zu sein.

«Du könntest deine Träume verwirklichen», sagte Anita.

«Schon wieder Träume?»

«Ja. 'ne Existenz aufbauen. Normal leben. Das ist doch das, wovon du träumst.»

«Ja. Könnte ich.»

«Ich möchte mal deine Tochter sehen. Fritzi. Ein merkwürdiger Name.»

«Kommt von Friederike. 'n österreichischer Kosename für Friederike. Hat meine Frau damals lange für gebraucht, bis sie auf so was Ausgefallenes gekommen ist. Ich hätte sie Nicole genannt, oder Janine.»

«So heißen sie alle.»

«Na und?»

«Liebst du deine Frau?»

«Lieben? Das ist schon lange her. Und ob ich sie damals geliebt habe ... keine Ahnung, glaub ich eigentlich nicht. Ich hab sie ein halbes Jahr lang angebaggert. Mit allen Tricks. Zwei Tage nicht blicken lassen. Den Coolen gespielt. Dann mich mal kurz blicken lassen, wieder abgehauen, wieder drei Tage nicht gemeldet. Hab versucht, sie scharf zu machen auf mich. Spielchen. Verliebt ja, auf jeden Fall. Aber Liebe?»

«Ja», sagte Anita, «das kenn ich. Steigert man sich rein, wenn man jemanden nicht richtig kriegen kann. Bis man glaubt, man wäre total in ihn verknallt. Aber vielleicht ist man es am Ende auch?»

«Ich nicht. Nach der Heirat totale Krise. Das ging so gerade ein Jahr einigermaßen gut. Ich hab sie nachher gehaßt. Weil, sie wollte alles nur vom Feinsten. Kurzurlaub hier, Kurzurlaub da. Skifahren wollte die! Und ich war'n kleiner Schrauber bei Fleischhauer. Hab gerade mal zweieinhalb Riesen nach Hause gebracht. Die gingen für Wohnung, Telefon, Auto und so'n Dreck drauf. Am Schluß hatten wir zwanzigtausend Miese auf dem Konto. Und dann die Scheidung.»

«Das hat dich aus der Bahn geworfen.»

«Hab 'ne Bank gemacht. Das gab zweieinhalb Jahre. Und nach zweieinhalb Jahren Bau siehst du's nicht mehr ein, warum du dir für Zwölfmarkfuffzig die Stunde den Buckel krumm machen sollst. Oder du tust es. Weil du ganz klein geworden bist. Ganz beschissen klein. Ich nicht.»

Anita hatte sich ein wenig aufgerichtet. Sie nahm Schmahls Linke zwischen ihre beiden Hände und betrachtete die drei blauen Punkte in der Grube zwischen Daumen und Zeigefinger.

«Und jetzt?»

«Jetzt? Jetzt ist alles Scheiße. Sogar die Sechzigtausend, an die ich sowieso nicht glaube. Sind viel zu wenig. Nee ...»

«Das stimmt», sagte Anita. «Sechzigtausend sind nicht allzuviel. Wenn ihr von 'ner Viertelmillion die Hälfte an Zöller abgeben müßt, bleibt wirklich nicht viel. Aber mußt du wirklich teilen?»

«Das überleg ich mir auch schon die ganze Zeit», sagte Schmahl.

36.

«Da drüben auf der Frankenwerft ist 'ne prima Frittenbude», sagte Horst und deutete auf das andere Rheinufer. «Super Eintöpfe. Oder wir könnten zum *Lommerzheim*. Das wär die beste Idee, eh!»

«Nein», sagte Zöller.

«Ist scheißkalt hier draußen, Mann. Wieso laufen wir bei so 'nem Wetter hier draußen rum? Beim Lommerzheim ist's schön warm, und die Koteletts ...»

«Halt's Maul, endlich.» Zöller guckte Horst nicht an, vergrub die Hände ein Stück tiefer in die Taschen seiner Daunenjacke und legte einen Schritt zu.

«Ist ja schon gut.»

Schmahl beobachtete Horst, während sie weitergingen. Daß er unbedingt in eine Frittenbude wollte, das war die einzige Aufmüpfigkeit, die er sich Zöller gegenüber geleistet hatte. Ansonsten tat er lammfromm. Sogar unterwürfig. Hatte kein Problem damit, den Bullen-Arsch als Leitwolf zu akzeptieren. Hatte er sich immer schon gedacht: das ist 'ne Hundeseele, im Grunde genommen. Ein ganz kleines, mieses Ei. Und der Verrat steht ihm dick auf die Stirn geschrieben. Hat dich die ganze Zeit heute morgen kein einziges Mal gerade angeguckt!

«Wenn man über Geschäfte spricht», dozierte Zöller, «dann tut man das da, wo einem keiner zuhören kann. Richtig?»

«Klar», sagte Horst.

Daß der keinen Diener dabei macht!

«Gut», sagte Zöller. Nach ein paar Schritten blieb er stehen, schibberte mit dem Fuß einen Stein über den Kai. Der Stein fiel nicht ins Wasser, sondern blieb kurz vor der Kai-Kante liegen.

«Der Geldtransporter klappert also die Pfarreien jeden Montag ab. Richtig?»

«Genau!» Horst überschlug sich vor Eifer.

«Wieviele Pfarreien?»

«So sechs, sieben, acht haben wir gezählt: Pantaleon, Ursula, Gereon, Groß St. Martin ...»

«Sechs oder sieben? Das ist alles?»

«Der hat die Tour höchstwahrscheinlich schon vorher angefangen», erklärte Schmahl. «Wir sind ihm erst ab Gereon gefolgt, weil wir da diesen komischen Pfaffen observiert haben. Der hat scheinbar auch auf den Geldtransporter gewartet. Hat sich alles genau beguckt: wie der Typ vom Transporter 'ne Geldkassette aus dem Pfarrhaus holt. Und danach hat der Geldtransporter nur noch die restlichen Kirchen abgeklappert und ist dann ins Generalvikariat.»

«Wieso interessiert sich der Monsignore für den Geldtransporter?»

«Keine Ahnung», plapperte Horst.

«Ist sowieso so, daß der sich überhaupt nicht um diesen Pfaffen von St. Gereon und seine Kollekte kümmert», sagte Schmahl. «Irgendwie hab ich den Eindruck, der interessiert sich für dasselbe wie wir, für die ganze Knete aus der Kollekte.»

«Ja, ja!» Horsts Stimme überschlug sich wie die eines übereifrigen Schülers, der die letzte Chance wahrnimmt, seine mündliche Note aufzubessern. «Ganz komisch. Beobachtet den Geldtransporter.»

«Das wissen wir.» Zöller streifte seinen Musterschüler mit einem verächtlichen Blick und versuchte, einen weiteren Stein in den Rhein zu kicken.

«Und dann trifft er sich mit einem Typen aus dem Generalvikariat!» sagte Schmahl.

«Und?»

«Ja! Aus dem Generalvikariat!»

Zöller guckte Horst an. Sagte nichts. Aber es wurde klar, was er von ihm hielt.

«Der Typ heißt Oxenius. Ein Prälat oder sowas. Ist im Generalvikariat der Chef der Abteilung Weltkirche & Weltmission.»

«Woher weißt du das?» Horst kriegte große Augen und starrte Schmahl an. Das erste Mal heute. Dumm. Hätte er vielleicht nicht sagen sollen. Am besten, der Bulle hält ihn für genauso bescheuert wie diesen feisten Blödmann.

«Hab ich recherchiert.»

«Re-cher-chiert?»

«Rausgekriegt, ja.»

«Und wie?»

Schmahl tippte sich an die Stirn, sagte nichts. Er trat auf der Stelle, blickte zum Rhein, über dem ein dünner Nebelschleier schwebte. Es war tatsächlich kalt. Vielleicht fror es sogar. Viel zu früh.

«Egal», sagte Zöller. «Interessant ist bloß, weshalb sich der Monsignore nicht mehr für die paar Kröten aus St. Gereon, sondern für das ganze Ding interessiert.»

«Kriegen wir schon noch raus.» Horst blieb unverdrossen am Ball. «Wir observieren den ja ständig. Praktisch vierundzwanzig Stunden am Tag.»

Was die wirklich interessanten Frage nicht beantwortete. So'n Typ wie dieser falsche Pfaffe, der ist vielleicht gut für'n kleinen Racheakt an 'nem anderen Pfaffen. Die Geschichte, die er Zöller erzählt hat. Aber so'n dickes Ding, das bringt der nicht. Will er sicher auch nicht bringen. Oder? Schmahl fielen die beiden Lederjacken-Typen ein, die dem falschen Pfaffen bis in den *Vogel* gefolgt waren. Das brächte vielleicht eine Erklärung. Das mußte er rauskriegen. Und zwar alleine.

«Hm», machte Zöller. Blies Luft aus der Nase, die in Form eines kleinen, milchig-weißen Wolkenfetzens den Rhein hinuntergetrieben wurde. «Jetzt ist Mittwoch. Am Sonntag ist der dritte Advent. Da werden die Opferstöcke klingeln. Am Montag ziehen wir das Ding ab.»

«Nicht besser nach Weihnachten?» fragte Horst. «Weihnachten kommt bestimmt 'ne Menge mehr zusammen.»

«Möglich. Aber wir wissen nicht, wie das zwischen den Feiertagen mit dem Geldtransport funktioniert. Wir wissen nur, wie das an normalen Tagen funktioniert, so ungefähr zumindest. Richtig?»

«Klar», sagte Horst.

«Wir wissen im übrigen noch viel zu wenig, um das Ding sauber durchzuziehen. Wir wissen nicht genau, wieviel da überhaupt drin ist. Vor allem wissen wir nicht, was mit der Kohle im Generalvikariat passiert. Weshalb bringt der Geldtransporter sie überhaupt dahin und nicht auf eine Bank? Was wird im Generalvikariat mit der Kohle gemacht? Kommt sie da in einen Tresor? Oder wird sie gleich wieder abgeholt? Was gibt's da für Sicherheitsvorkehrungen?»

Horst, den Zöller bei seinem Quiz angeschaut hatte, starrte mit offenem Mund zurück. Dann machte er den Mund wieder zu.

«Wir haben noch 'n paar Tage Zeit. Kriegen wir alles raus.»

«Bitte!» sagte Zöller.

37.

«Und dann ist es so», Jürgen hob ein wenig das Kinn, um die Wichtigkeit des Folgenden zu betonen, «daß unter der Aufsicht eines Vertreters von Adveniat die gesamte Kollekte der innerstädtischen Pfarreien im Generalvikariat gezählt wird.»

«Warum geschieht das?» Pater Stanislaw schob die rechte seiner buschigen Augenbrauen in die Höhe.

«Nun, eine Art Kontrolle. Nicht, daß man den Rendanten der einzelnen Pfarreien mißtraute. Die gelten als überaus korrekt. Es ist eher so etwas wie die erste interne Kontrolle bei Adveniat. Denn seitdem das Kollektenwesen in den Ruf geraten ist, daß die Verwaltungskosten zwei Drittel der Spenden verschlingen, geht man dort nach der Devise ‹Sicher ist sicher› vor. Man legt also so viele Kontrollen wie möglich zwischen Spende und Endverwendung. Zumal es innerhalb der Adveniat-Organisation ja in der letzten Zeit zu der einen oder anderen Unregelmäßigkeit gekommen ist. Davon haben Sie sicher in der Presse gelesen.»

«Ja, ja, ich erinnere mich», sagte Pater Stanislaw etwas zerstreut.

«Nun.» Jürgen faltete die Hände auf seinem spitzen Bierbauch und schaute den Ordensvorsteher anerkennungsheischend an.

«Sehr, sehr gut, mein Sohn! Das hilft uns doch ein gutes Stück weiter. Eine ganz hervorragende Information!»

«Danke, Pater Stanislaw.» Jürgen machte eine kurze Verbeugung.

«Nur», Pater Stanislaw legte sinnend Zeige- und Mittelfinger auf seine Lippen, «was geschieht dann mit dem Geld?»

«Oh, das habe ich auch herausgefunden. Es wird am späten Nachmittag, wiederum von einem Werttransportwagen, nach Aachen zur Adveniat-Zentrale gebracht.»

«Ach ja.» Pater Stanislaw schaute, Finger immer noch auf den Lippen, nachdenklich gegen die holzgetäfelte Decke seines mit hunderten von Bänden marienkundlicher Literatur vollgestellten Arbeitszimmers. Die einzige von Büchern nicht bedeckte Wand schmückte ein Ölbild, eine Maria Selbdritt, gemalt im Stil der Nazarener.

«Bleibt noch eine letzte Frage, mein Sohn», sagte Pater Stanislaw.

Er kam nicht dazu, sie zu stellen. Eine ledergepolsterte Tür zwischen den Bücherregalen öffnete sich. Jürgen blickte sich um. Er meinte, sein Herz setzte aus. Das war keine Erscheinung. Diesmal halluzinierte er nicht. Oder war es bereits der galoppierende Wahnsinn?

In der Tür stand breit und schwer einer der Lederjacken-Männer, die er zuletzt im *Weinhaus Vogel* gesehen hatte. Auch heute nachmittag hatte er die lange, altmodisch geschnittene Lederjacke an. Sie war nicht zugeknöpft. Und bevor der Mann dies eilig nachholte, hatte Jürgen gesehen, daß unter der Jacke, im Gürtel der groben Cordhose, eine schwere Pistole steckte. Jürgen fuhr aus dem Ledersessel, in dem er bisher in aufrechter Habacht-Stellung gesessen hatte. Starrte den Mann an, der sich mit einer Geste der Entschuldigung zurückziehen wollte. Doch Pater Stanislaw winkte ihn herein. Er hatte Jürgens Reaktion beobachtet. Sein Gesicht, eben noch voll Zornesfalten wegen der plötzlichen Störung, glättete sich.

«Sie kennen sich noch nicht? Darf ich vorstellen? Das ist Bruder Boleslaw, ein Ordensmitglied aus Warschau.»

Der Mann in der Lederjacke, der so breite Schultern, ein so grobschlächtiges Gesicht und so mächtige Pranken besaß, wie Jürgen es noch nie bei einem Ordensmann gesehen hatte, verbeugte sich leicht. Jürgen starrte ihn immer noch an, unfähig, etwas zu sagen. Sein Herz setzte wieder ein, mit gewaltigen, pochenden Schlägen, die seinen Brustkasten zu zertrümmern drohten. Gleich werde ich ohnmächtig!

«Sie müssen entschuldigen, mein Sohn. Bruder Boleslaw ist der deutschen Sprache nicht mächtig.»

Der Lederjacken-Mann grinste.

«Ich habe ihn nebst Bruder Witold vor einigen Tagen hierherbeordert, damit sie uns beim Ausbau unserer neuen Kirche behilflich sein können. Sie wissen, daß wir dabei sind, eine Kirche zu erwerben?»

«Ja. Nein. Ja.» Jürgen war völlig verwirrt. Außerdem war ihm gleich schlecht. Nach dem wilden Geklopfe in seiner Brust drohte jetzt wieder ein Herzstillstand. Pater Stanislaw trat an seine Seite, legte ihm mutmachend die Hand auf die Schulter.

«Eine schöne Kirche, mein Sohn, das neue Haus der Marikroniten. Eine Kirche, in der Sie, mein Sohn, ihren Platz als Seelsorger jetzt schon sicher haben!»

«Danke, Pater Stanislaw.»

Jürgen setzte sich wieder in den Ledersessel. Jetzt war ihm wirklich übel. Das war alles zu viel. Das ging über seine schwachen Kräfte.

«Über Bruder Boleslaws Kleidung müssen Sie sich nicht wundern, mein Sohn.» Pater Stanislaw beugte sich zu Jürgen hinab und gab dem Mann in der Lederjacke ein Zeichen, sich zurückzuziehen. «Bruder Boleslaw und Bruder Witold sind so etwas wie Arbeiterpriester bei uns in Warschau. Sie kennen den Begriff? Seelsorger in den Betrieben, sie arbeiten mit, arbeiten wie richtige Arbeiter. Verstehen Sie? Arbeiter im Dienste der Mutter Gottes.»

«Ja, Pater Stanislaw.»

Jürgen blickte Bruder Boleslaw nach, der gerade die Tür hinter sich schloß. Arbeiteten die mit Revolvern? Was machten die mit Revolvern? Gut, vielleicht waren sie so etwas wie Sicherheitsbeauftragte des Ordens. Aber wieso verfolgten sie ihn? Das ging doch wohl nicht mit rechten Dingen zu! Was ging hier vor sich? Pater Stanislaw konnte augenscheinlich Gedanken lesen. Er zog einen zweiten Ledersessel heran, setzte sich, legte seine Hände auf Jürgens Knie und näherte sein Gesicht dem Jürgens.

«Und wundern Sie sich bitte nicht, mein Sohn, wenn Ihnen

Bruder Witold und Bruder Boleslaw irgendwie bekannt vorkommen.»

Doch, wollte Jürgen sagen. Er hauchte aber ein ergebenes «Nein.»

«Wir sind da nämlich auf etwas sehr Merkwürdiges gestoßen, mein Sohn.»

«Ich weiß, Pater Stanislaw.»

«Sie wissen?»

«Mein Lebenswandel.»

Pater Stanislaw lächelte gütig, allwissend und verzeihend.

«Nein, nein, mein Sohn. Machen Sie sich da keine Gedanken. Es geht um etwas anderes.»

«Ach», sagte Jürgen matt.

«Wissen Sie, daß Sie verfolgt werden?»

«Von diesen beiden Brüdern?»

Pater Stanislaw lächelte wieder fein.

«Nein, nein. Die haben wir nur zu Ihrem Schutz abgestellt, seitdem wir wissen, daß Sie verfolgt werden. Und zwar, seitdem Sie sich um die Adveniat-Kollekte bemühen.»

«Ich, verfolgt?»

«Sie haben keine Ahnung?»

«Nein, Pater Stanislaw.»

«Zwei Männer verfolgen Sie. Einer klein, dick, trägt einen dünnen schwarzen Schnurrbart. Der andere ist lang, dünn, hat meistens eine braune Lederjacke an.»

«Das sagt mir nichts. Ich habe keine Ahnung, Pater Stanislaw.»

«Bekannte von Ihnen?»

«Nein, Pater Stanislaw. Ich weiß es wirklich nicht.»

Pater Stanislaw schaute Jürgen intensiv an. Gar nicht mehr gütig oder verzeihend oder freundlich. Dann lächelte er doch.

«Gut, mein Sohn. Machen Sie sich keine Sorgen. Wir werden uns darum kümmern.»

38.

Wenn's hart auf hart kommt, geht's auch ohne Schmahl. Wieso eigentlich nicht? Das Ding schaukelst du alleine. Der Kopf bist schließlich du. Wie Frank. Frank hat die Regeln erfunden. Klar. Und Frank hat auch das große Ding angeleiert. Fehler war bloß, daß er sich da mit 'nem schweren Jungen eingelassen hat. Und der hat sie beide reingelegt. Läuft hier nicht. Zöller will mit Sicherheit 'ne langfristige Kooperation. Sich mit 'nem Profi-Team zusammentun. Okay. Stick war's, der das Ding am Schluß irgendwie cool aus dem Feuer geholt hat. Trotzdem. Frank ist der Kopf! Allerdings war die Kohle weg. War Sticks Schuld. Die Braut von ihm. Ist damit durchgebrannt. Sowas kann dir nicht passieren. Das ist Fiction. Und hier geht's live ab. Und in der Wirklichkeit, da überleben nur die Schlauen. Schmahl ist nicht schlau. Der tut bloß cool. Dabei ist der bloß undurchsichtig. Macht den einsamen Wolf. Nichts dahinter. Zu verschlossen. Eigentlich 'ne arme Sau.

Endlich erschien Oxenius in der Tür des *Vogel.* Horst hatte auf der anderen Straßenseite auf ihn gewartet. Weil er dachte, es wäre gut, wenn Oxenius in der Kneipe nicht schon wieder sein Gesicht sieht. Die Kunst des Beschattens! Super, wie die Bullen das in *Mann ohne Gewähr* von Parnell Hall machen. Natürlich, die arbeiten da mit zwei, drei Teams, die sich abwechseln. Harte und weiche Beschattung. Aber wer clever ist, schafft es auch alleine.

Oxenius blieb kurz vor dem *Vogel* stehen. Er blickte sich um, ging dann aber nicht, wie Horst erwartet hatte, den Eigelstein wieder rauf, Richtung Generalvikariat, sondern runter, auf die Torburg zu. Aha! Das ist die Chance! Irgendwann greift bei beharrlicher Beschattung der Zufall ein, den man dann kaum noch Zufall nennen kann. Dann verrät sich der Beschattete. Tut etwas, trifft sich mit jemandem, und das ist der Schlüssel zum Ganzen. Oxenius ist sowieso die Schlüsselfigur.

Ganz gut, die Arbeitsteilung jetzt. Dieser komische falsche Pfaffe, der bringt's nicht. Läuft nur blöd und sinnlos rum. Hat wahrscheinlich überhaupt keine Ahnung. Der bringt Schmahl hundertprozent keine Spur weiter. Oxenius ist der richtige Mann, wenn der so'n wichtiges Tier beim Generalvikariat ist. Nur komisch, wie Schmahl das so schnell rausgekriegt hat. Trotzdem! Da ist keine Partnerschaft mehr drin! Partner stehen zueinander. Und so, wie der Arsch dich die ganze Zeit niedermacht. Am Schluß verrät er dich noch, tut sich mit dem Bullen zusammen, läßt dich vor die Pumpe laufen. Da muß er früher aufstehen.

Andererseits, wenn du Zöller aussteigen lassen willst, schaffst du das nicht alleine. Der ist clever, hart, brutal. Der läßt sich nicht linken. Also einer nach dem anderen. Zuerst die Kohle. Das geht nur mit Schmahl. Und Zöller abzocken? Geht eigentlich auch nur mit Schmahl. Fuck. Also noch mal von vorn.

Oxenius überquerte den Eigelstein, bog vor der Torburg in den Gereonswall ein. Verlangsamte jetzt seinen Schritt. Er begann zu schlendern, legte dabei die Hände auf den Rücken und guckte sich müßig und neugierig um wie ein Tourist.

Was macht der hier? Was hat der vor? Horst war bisher fünfzehn, zwanzig Schritte hinter dem Prälaten. Er wechselte jetzt die Straßenseite. Oxenius kam an die Ecke zum Stavenhof und blieb vor *Nettchen*, der Eckkneipe, deren Tür trotz der Kälte offenstand, stehen. Er warf einen Blick hinein, ging weiter, überquerte den Stavenhof und wechselte dann auch die Straßenseite, immer noch im gemütlichen Schlenderschritt.

Meine Güte, was ist los? Wartet der auf jemanden? Ein geheimes Treffen? Der Prälat hatte seine Schritte noch mehr verlangsamt. Blieb kurz stehen, guckte wieder in eine Kneipe hinein und ging ein Stück weiter. Was ist bloß mit dem? Dann blickte der Prälat in die Höhe. Horst blieb stehen, drückte sich in den Eingang der Kneipe, und dann sah er, wohin der Prälat seinen Blick richtete.

Aus dem Fenster im ersten Stock über einer Garageneinfahrt winkte eine stark geschminkte Frau mit hochgesteckten wasserstoffblonden Haaren. Oxenius löste die ineinander verknoteten Hände auf dem Rücken und hob die Rechte, aber nur bis auf Brusthöhe. Mit einer kleinen, nicht zu Ende geführten Bewegung winkte er zurück. Dann war er im Hauseingang verschwunden. Fuck, Mann, eh! Hättest du früher schnallen können, daß das 'ne Nuttengegend hier ist.

39.

Wie heißt es bei Lukas? ‹Ich will mich aufmachen und zu meinem Vater gehen und ihm sagen: Vater, ich habe gesündigt gegen den Himmel und vor dir. Ich bin nicht mehr wert, dein Sohn zu heißen.› Ja, ich habe gesündigt gegen den Himmel und vor Gott! Ich bin der Herr, dein Gott. Du sollst keine anderen Götter neben mir haben. Du sollst den Namen Gottes nicht verunehren. Oh, mein Gott! Wie konnte ich das tun? Wie konnte meine Eitelkeit mich so verblenden? Für das Linsengericht eines schäbigen Amtes lieferte ich mich und das, was den Ärmsten der Armen gehört, Verbrechern aus! Jürgen war so erschüttert angesichts der Inbrunst seiner Reue, daß er auf der Rheinpromenade im Gehen innehielt. Es war ihm, als werde er von einer fremden, überirdischen Kraft geschüttelt. Jürgen bekreuzigte sich.

Schmahl mußte eine ganze Weile warten, bis Jürgen seinen Weg wieder aufnahm. Kilometerlang war Jürgen von der Marienburg in Richtung Altstadt gelaufen. Das hier war jetzt sein vierter oder fünfter Stop, wo er plötzlich stehenblieb, den Blick gegen den dunstigen grauen Himmel richtete und sich mehrfach mit weit ausholenden Bewegungen bekreuzigte. Am liebsten hätte Schmahl ihn sich bei einem dieser merkwürdigen Rituale vorgenommen. Schließlich wußte er genug, um ihn in die Mangel nehmen zu können. Hatte stundenlang vor der Villa auf der Marienburger Straße gewartet. Das schwere, bronzene Schild an der Auffahrt davor gesehen: *Marikroniten. Ordensgemeinschaft der Mutter Gottes*. Hatte die beiden Lederjacken-Typen, die vor ein paar Tagen am Generalvikariat herumstanden, mit einem 450er vorfahren und reingehen sehen. Und dann beobachtet, wie Jürgen, vollkommen aufgelöst und verwirrt, endlich rauskam und seine lange, immer wieder unterbrochene Wanderung die Rheinpromenade hinunter aufnahm. Aber vielleicht läuft er jetzt noch 'ne weitere Station an, die Aufschluß geben könnte? Abwarten.

Eine Todsünde begeht, wer gegen Gott sündigt. Erstens in einer wichtigen Sache. Zweitens mit klarer Erkenntnis. Drittens in voller Einwilligung. Mein Gott! Ich habe gesündigt. In klarer Erkenntnis? In voller Einwilligung? Diese Begegnung eben hat mir erst klare Erkenntnis verschafft. Allerdings einen lange gehegten und schwelenden Verdacht bestätigt. Aber eben erst habe ich wirklich bemerkt, welch willenloses, dummes Werkzeug ich in den Händen dieser Sektierer war. Und bin? Ich werde mich lossagen! Bereuen, beichten, büßen. ‹Ein Herz, das zerknirscht und demütig ist, Gott, verschmähest du nicht.› Psalm 50, Vers 19. Aber was werden Zerknirschtheit und Demut helfen, wenn diese Verbrecher die Adveniat-Kollekte gestohlen haben? Mit deinem Wissen! Mit deiner Hilfe! Oh Gott! Ich muß mich reinigen. Jetzt. Sofort. Muß beichten, büßen. Und dann zur Polizei gehen.

Hoffentlich läuft der nicht zur Schmier! Steuert irgendeine Wache an. Mußt du ihn vorher abfangen. Aber was soll der bei den Bullen? Der weiß mit Sicherheit nicht genau, was die Brüder vorhaben. Würde ihm kein normaler Mensch stecken. So 'nen Wirrkopf nutzt man bloß aus, um an Informationen ranzukommen. Das sind Profis. Zumindest diese beiden Lederjacken. Seh'n aus wie Killer. Richtig schwere Jungs. Oh Scheiße! Wo läuft der denn hin?

Die elektrischen Kerzen auf dem riesigen, fast zwölf Meter hohen Weihnachtsbaum auf dem Roncalliplatz gingen an, ohne daß einer der Passanten darauf achtete. Es war rasch dunkel geworden, und die Temperatur war im Laufe des Nachmittags stark gesunken. Außerdem wehte ein eisiger Nordwind. Alle hatten es eilig, ins Warme zu kommen. Nur Jürgen war vor dem Weihnachtsbaum stehengeblieben und schaute zu ihm hoch. Dann wandte er seinen zerknirschten Blick auf das Portal des Doms.

40.

«Haben Sie keine Angst, Monsignore. Es geschieht Ihnen nichts. Ich bin ein Freund.»

Jürgen rutschte auf den Knien ein Stück von Schmahl weg, der sich dicht neben ihn auf die Kirchenbank gekniet hatte. Er bebte. Nahm seine Brille ab, setzte sie wieder auf, sein Blick flatterte.

«Sie brauchen wirklich keine Angst zu haben, Monsignore!» Schmahl flüsterte. Er fürchtete, ein lautes Wort hier im Dom würde in den Gewölben hallen.

«Sie sind es, der mich verfolgt hat!»

«Das stimmt.»

«Warum? Warum tun Sie mir das an? Warum folgen Sie mir hierhin? Stören mich bei meiner Vorbereitung zur Beichte?» Jürgens Hand wies fahrig zu einem der mit dunkelviolettem Tuch verhangenen Beichtstühle.

«Weil ich das gleiche will wie Sie.»

«Das gleiche wie ich? Das ist schier unmöglich. Ein Mensch wie Sie kann nicht das gleiche wollen wie ich!»

«Doch, Monsignore. Erinnern Sie sich: die Adveniat-Kollekte. Pfarrer Küppers von St. Gereon, der einen Teil davon klemmt? Und der Sie angezeigt hat, an dem Sie sich rächen und ihm die Kollekte abnehmen wollen?»

Jürgens Gesicht war weiß wie eine frisch gekälkte Friedhofsmauer.

«Das hat Ihnen dieser Kripobeamte gesagt.»

«Ja.»

«Unglaublich.»

«Und nicht nur der ist hinter Ihnen her wegen der Kollekte.»

«Sie sind es, der mich belauert, mich verfolgt, der mich beim Sakrament der Buße stört!»

«Psst!» Der Laut kam von einem grauhaarigen Mann, der eine

Bank vor ihnen kniete. Er drehte sich nicht zu ihnen um.

«Sie haben ein schlechtes Gewissen», flüsterte Schmahl.

Jürgen schwieg. Er blickte auf seine gefalteten Hände.

«Mit Recht, Monsignore. Mit Recht haben Sie ein schlechtes Gewissen. Sie sind dabei, ein Verbrechen zu begehen.»

«Nein!«

«Nein?»

«Das habe ich damals im Zorn gesprochen. Es war niemals mein wirkliches und ernsthaftes Vorhaben, den Ärmsten der Armen auch nur einen Pfennig zu nehmen.»

«Trotzdem haben Sie ein schlechtes Gewissen. Ein jämmerlich schlechtes Gewissen, Monsignore. Weil Sie dabei helfen, daß andere dieses Verbrechen begehen.»

«Das darf Sie nicht kümmern! Das geht Sie nichts an!»

Im Beichtstuhl links neben ihnen knarrte es. Eine junge Frau kam aus der Beichtzelle, verharrte im Gang des Seitenschiffes, deutete eine Kniebeuge in Richtung des Altars an, drehte sich um und ging dann das Seitenschiff hinunter. Der schwere Vorhang am Beichtstuhl bauschte sich von innen, dann hing er gleich wieder in den alten Falten. Jürgen wollte aufstehen. Jetzt war er an der Reihe. Schmahls Linke umklammerte Jürgens Arm, zwang ihn, knien zu bleiben.

«Sie werden sowieso lügen, Monsignore. Kommen Sie zuerst mit sich selbst ins Reine!»

«Ich sagte bereits, das geht so jemanden wie Sie überhaupt nichts an.»

«Sie sind zu einer Sekte übergetreten. Zu einer Sekte, die das gleiche plant wie dieser Kripomann: Adveniat zu bestehlen. Und Sie, Monsignore, sind der miesige, billige, kleine Handlanger dieser Verbrecher. Werden Sie das auch beichten, Monsignore?»

Jürgens Stirn knallte auf die Betbank. Was tatsächlich einen Hall verursachte und den Beter vor ihnen sich jetzt unwillig umdrehen ließ. Jürgens Schultern zitterten. Er schluchzte. Schmahl ließ ihn eine Zeit lang in sich hineinjammern. Dann packte er ihn, zog ihn von der Kniebank hoch und setzte ihn neben sich. Er legte einen Arm um Jürgens Schultern, der ihm jetzt sein tränennasses Gesicht zuwandte.

«Wer sind Sie?»

«Ein Freund», sagte Schmahl.

«Ein Freund? Auch Sie wollen nichts anderes als die Adveniat-Kollekte!»

«Ich will verhindern, daß diese Sekten-Brüder sie kriegen.»

«Und dann nehmen Sie sie selbst!»

«Ja», sagte Schmahl.

«Abscheulich!» Jürgen ließ den Kopf wieder auf die Betbank sinken. Schmahl wartete einen Augenblick. Dann näherte er seinen Mund Jürgens rechtem Ohr.

«Sie haben keine andere Wahl, Monsignore.»

Jürgen schien nicht zuzuhören. Seinen Körper durchzitterte eine Art Schüttelfrost.

«Bei diesen Sekten-Brüdern sind Sie nichts anderes als ein schmutziger kleiner Informant, der ausgeschaltet wird, wenn das Ding gelaufen ist.»

«Ausgeschaltet?» Jürgen hob den Kopf nicht. Er greinte in seine geöffneten Hände.

«Was denken Sie? Haben Sie diese beiden Typen gesehen, die in den langen Lederjacken?»

«Revolvermänner!»

«Genau das, Monsignore.»

Jürgen hielt inne mit Schluchzen. Er schien sich zu fassen. Hob langsam den Kopf.

«Und Sie meinen, die bringen mich um, nachdem sie ihr Verbrechen begangen haben? Weil sie einen unliebsamen Zeugen loswerden wollen, einen, der zu viel weiß?»

Schmahl antwortete nicht. Er sah Jürgen hart und ernst an. Jürgen stieß alle Luft aus seinen Lungen heraus, atmete dann wieder ein.

«Was wollen Sie wissen?»

41.

«So'n Quatsch! So 'ne dusselige Scheiße! So macht das keiner, kein Bulle auf der ganzen Welt!»

Zöller saß, die Bierflasche auf dem Knie, vor dem Fernseher und kommentierte einen *Tatort*, in dem der Kommissar Beweisstücke verschwinden ließ.

«Rührseliger Wichser, dieser – wie heißt der Typ, der da den Kommissar spielt?»

Monika erschien an der Tür zur Küche.

«Schrei nicht so. Max schläft.»

«Wie heißt denn der Heini da?»

«Lamprecht, glaub ich.»

«Blödmann.»

«Sagst du zu jedem Fernseh-Kommissar. Weshalb siehste dir das denn immer wieder an?»

«Das ist der Ober-Blödmann, dieser Lamprecht. Und sowieso, wie der sich von den beiden anderen Idioten dauernd anmachen läßt. Das gibt's doch nirgendwo.»

«Dann mach's doch aus.»

Monika verschwand wieder in der Küche. Zöller trank das Bier aus. Er stand auf, ließ den Fernseher laufen und folgte ihr. Monika schrubbte am Spülbecken Baby-Saugflaschen.

«Schon wieder 'n Bier?»

«Und?» Zöller öffnete den Kühlschrank, nahm sich eine neue Flasche Stern Kölsch heraus und knackte den Verschluß mit dem Feuerzeug.

«Du mußt morgen fit sein.»

Zöller drehte die Flasche in der Hand und sah auf das Etikett.

«Kannste nicht mal 'ne andere Sorte kaufen? Könnte ich genausogut meine eigene Pisse trinken.»

«Täte deinem Bierbauch vielleicht besser.»

Monika war mit dem Spülen fertig und stellte Fläschchen und Schnuller zum Trocknen auf ein Handtuch. Zöller lehnte sich gegen die Anrichte und trank.

«Angenommen», sagte Monika, «die beiden schaffen das wirklich, das Geld aus diesem Generalvikariat da rauszuholen.»

«Wenn sie Glück haben, könnte das klappen, richtig.»

«Und wenn nicht?»

Zöller verzog die Mundwinkel und hob gleichgültig die Schultern. «Ist das mein Bier?»

Monika trocknete ihre Hände ab und zog die Küchenschürze aus.

«Trotzdem. Angenommen, sie schaffen es.»

«Und?»

«Und! Wie stellst du dir das denn weiter vor? Meinst du, die reichen dir das Geld rüber und sagen: ‹Danke, lieber Zöller, hier ist dein Anteil›?»

Zöller grinste.

«Gedanken machst du dir! Spinn nicht rum. Ich mach das schon.»

«Ich mach das schon! Bist du noch nie auf die Idee gekommen, daß die abhauen könnten, ohne zu teilen?»

Zöller schüttelte den Kopf wie einer, der sich vollkommen mißverstanden fühlt. Er nahm noch einen Schluck aus der Flasche und sah Monika abschätzig an.

«Ich hab das Ding vollkommen im Griff. Ende.»

«Und wie?»

Zöller lehnte den Kopf zur Seite, verdrehte genervt die Augen.

«Ich fahre den Wagen. Und ohne Wagen läuft die Nummer nicht. Also auch nicht ohne mich.»

«Trotzdem. Wie kommst du an deinen Anteil?»

«Meinen Anteil? Wer redet denn davon, daß ich teilen will?»

42.

Die Tür ist auf! Schmahl war sich sicher, daß er sie abgeschlossen hatte. Vorsichtig gab er ihr einen leichten Tritt, damit er ins Innere seines Appartements sehen konnte. Völlige Unordnung. Aber niemand zu sehen. Das Bett war umgekippt, die Matratze aufgeschlitzt worden, und deren Füllung bedeckte in grauweißen Knäueln den Teppichboden. Den Kleiderschrank hatten sie auseinandergenommen, die Einlegeböden lagen neben Kleidungsstücken verstreut herum. Pure Willkür, Vandalismus. Gesucht hatte hier niemand etwas.

Schmahl betrat das Zimmer, um einen Blick in die Kochnische zu werfen, wo er unter dem Spülbecken seine Waffe versteckt hatte. Hinter ihm fiel die Tür ins Schloß, im gleichen Augenblick spürte er einen scharfen, peitschenden Schlag gegen sein linkes Ohr. Der Schlag hatte seiner Schläfe gegolten. Trotzdem ging er zu Boden, allein durch die Wucht des Schlages. Blut lief ihm ins Gesicht, und Schmahl konnte den Typen, der jetzt vorgebeugt über ihm stand, nur durch einen roten Filter wahrnehmen. Er wischte sich die Augen, aber das Blut rann weiter über den Kopf, die Stirn, in die Augen hinein. Der Typ schob ihm mit dem Fuß ein auf dem Boden liegendes T-Shirt zu. Schmahl nahm es, wischte sich damit das Gesicht ab und preßte das Shirt gegen die Wunde.

Der Typ war einer der beiden Lederjacken. Der mit der Mütze kam gerade aus der Naßzelle, knöpfte sich die Hose zu und baute sich jetzt auch vor Schmahl auf. Schmahl versuchte aufzustehen. Der mit der Mütze verpaßte ihm einen Tritt vor die Brust, und Schmahl ging wieder zu Boden.

«Ruhig!» sagte die Mütze, ohne seine sture Miene dabei zu verändern oder die Zähne auseinanderzunehmen. Scheiße. Das sind Killer.

«Warten!» sagte der andere. Dann verschwand er und schloß die Appartementtür hinter sich. Sehen aus wie Zwillinge. Wahrscheinlich trägt der eine die Mütze bloß, damit man ihn vom anderen unterscheiden kann.

«Worum geht's?» fragte Schmahl. Keine Reaktion. Die Mütze steckte die Kanone, mit der er Schmahl erwischt hatte, in ein Gürtelholster. Meint, ich bin jetzt schon fertig. Bin ich auch. Keine Chance. Trotzdem warf Schmahl einen Blick in die Kochnische. Das Spülbeckenschränkchen hatten sie sich offenbar nicht vorgenommen. Jedenfalls war die Tür zu.

«Kann ich ...» fing Schmahl wieder an. Die Mütze schüttelte stumm den Kopf. Schmahl sprach nicht weiter. Irgendwie komisch. Liegst hier platt auf dem Kreuz vor so 'nem Arsch. Für nichts! Es geht um gar nichts mehr! Hat ihnen dieser falsche Pfaffe wohl tatsächlich nicht gesteckt, daß bei der blöden Kollekte nur 'n paar lächerliche Kilo drin sind.

«Warten», sagte die Mütze und fischte eine einzelne Zigarette aus einer der Brusttaschen, die auf seiner Lederjacke aufgenäht waren. Er zündete die Zigarette mit einem Streichholz an.

«Ich auch!» sagte Schmahl, rappelte sich zur Hälfte hoch und wollte seine Zigaretten herausholen.

Die Mütze schüttelte wieder den Kopf.

Jedenfalls sitzt du jetzt schon mal. Abwarten.

Die Mütze hatte die Zigarette zu Ende geraucht und die Kippe auf einer von Schmahls Jeans ausgetreten, als die Appartementtür wieder aufging und die andere Lederjacke erschien, gefolgt von einem Typ, den Schmahl noch nicht kannte. Dürr, Asketengesicht wie ein gealterter Marathonläufer, gepflegt, graumelierte Schläfenhaare, schwarzer Anzug. Ein Pfaffe!

«Sie sehen, mit wem Sie es zu tun haben», sagte Pater Stanislaw und schaute sich kurz im Appartement um.

«Was wollen Sie?»

«Sie mischen sich in Angelegenheiten, die Sie absolut nichts angehen.» Pater Stanislaw betrachte Schmahl geringschätzig von oben. Er sprach unterkühlt, als hätte er mit der Sache eigentlich nichts zu tun.

«Die Adveniat-Kollekte?» Schmahl fragte so unschuldig wie er konnte. Der Pater schwieg. Sah von einem der beiden Schläger zum anderen, als suchte er in ihren Gesichtern die Antwort auf die Frage, was mit dem blutenden Wrack am Boden zu geschehen habe.

«Boleslaw verzichtet für heute darauf, Ihnen den Arm zu brechen», beschloß der Pater.

«Das ist nett», sagte Schmahl.

«Beim nächsten Mal bricht er Ihnen nicht nur den Arm.»

«Ist nicht nötig. Danke. Ich halt mich raus. Ist klar.»

Schmahl hatte den Augenwink, den der Pater dem Typen ohne Mütze gegeben hatte, nicht gesehen. Deshalb erwischte ihn dessen ansatzlos geschlagener Paß gegen seinen Unterkiefer überraschend. Schmahl kippte nach hinten und verlor diesmal tatsächlich das Bewußtsein.

43.

«Wie siehst du denn aus?»

Anita starrte auf Schmahls verkrustete Wunde über dem linken Ohr, auf sein geschwollenes, blutunterlaufenes Kinn und strich vorsichtig über sein Haar.

«Tut mir leid, daß ich zu spät bin.» Schmahl gefiel das *Bauturm* immer noch nicht. Er versuchte, den Kopf so zu drehen, daß ihn die Blödmänner an den Tischen ringsum nicht anstarren konnten. Aber die Bewegung tat ihm weh. Irgend etwas hatte ihm auch die Halswirbel verknackst.

«Sag!»

Schmahl versuchte, an seinem Espresso zu trinken. Es gelang ihm nicht. Die Unterlippe war geschwollen, der Kaffee lief rechts und links aus den Mundwinkeln heraus. Im Mundinneren brannte es höllisch. Schmahl setzte die Tasse ab.

«'n paar Typen, die wahrscheinlich das gleiche Ding vorhaben wie wir morgen. Bin ich mit aneinandergeraten. Waren zu zweit.»

«Das gleiche Ding wie ihr? Die Adveniat-Kollekte?»
«Laß sie doch! Ist sowieso nichts drin!»
«Das heißt, du springst ab?»
«Klar. Mit den Typen leg ich mich nicht an. Nicht für die paar Möpse, die da zu holen sind.»
«Paar Möpse? Ihr habt immer von einer Viertelmillion gesprochen.»
«Wir? Ich nie. Da ist keine Viertelmillion drin. Allerhöchstens fünfzig-, sechzigtausend. Das weiß ich seit Samstag hundertprozentig.»
«Oh nein!»
Anitas hübsches rundes Gesicht zerfiel vor Enttäuschung. Warum regt die sich so auf? Was ist mit der?
«Was ist?»
«Ach nichts. Ich dachte ...»
«Was?»
«Ich dachte, wir könnten neu anfangen. Das heißt, für dich wäre es eine Chance, verstehst du? Ich denke, du machst das da, ich meine, es ist nicht meine Sache, aber du machst es. So oder so. Du lebst von sowas. Und mit so viel Geld könnte man schon etwas Neues aufbauen. Und wenn du willst, bin ich ...»
«Ja», sagte Schmahl. Sie meint es vielleicht irgendwie ernst. Oder? Er versuchte es jetzt mit einer Zigarette. Das Anzünden klappte einigermaßen, aber richtig ziehen konnte er nicht, die Zigarette stippte durch die vorgestülpte Oberlippe nach oben, berührte fast seine Nase. Schmahl rauchte sie trotzdem weiter.
«Tut's weh?» fragte Anita.
«Nein.» Schmahl schüttelte den Kopf. Was weh tat.
«Es gibt vielleicht morgen noch 'ne andere Möglichkeit.»
«Nicht die Kollekte?»
«Nein. Was anderes. Aber auch im Generalvikariat.»
«Und weiter?»
«Das Problem wird sein, wie ich die beiden anderen loswerde.»
«Die, die dich zusammengeschlagen haben?»
«Glaub ich nicht, daß die das Ding auch schon morgen abziehen wollen. Unwahrscheinlich. Nein. Horst und Zöller.»
«Die werden teilen wollen. In jedem Fall.»
«Vielleicht gibt's da 'ne Möglichkeit, daß ich denen abhaue.»

«Zöller wird dich jagen.»

«Vielleicht.»

«Das wird er bestimmt. Ich kenne ihn. Der Mann lebt von brutalen Erpressungen. Ein Erpresser. Einer, der nie locker läßt.»

«Ja. Glaub ich auch. Und er hat alle Möglichkeiten, mich zu jagen.»

Schmahl versuchte es mit einer zweiten Reval. Er verbesserte seine Technik, hängte die Zigarette in den rechten Mundwinkel, der weniger geschwollen war als der linke.

«Ich darf die Kohle nicht mehr haben, wenn er mich findet.»

«Wie meinst du das?»

«Ich hab die Kohle nicht, ganz einfach. Hab sie nie gehabt. Das Ding ist nicht gelaufen, geplatzt. Bin ohne Kohle abgehauen. Fertig.»

«Du willst das Geld verstecken?»

«Genau. Und da kommst du ins Spiel.»

44.

«Da? Was willste denn da drin, Mann eh? Kriegste doch nur Altmännerklamotten!»

«Eben. Und Priesterkleidung.»

«Echt? Sieht überhaupt nicht danach aus.»

Schmahl und Horst standen vor den Schaufenstern von *Kriesel an der Oper* und betrachteten rauschebärtige Schaufensterpuppen in Weihnachtsmännerkostümen, die Einhundert-Mark-Seidenunterhosen, Zweihundert-Mark-Hemden und Kaschmir-Pullover für neunhundert Mark auf Rentierschlitten hinter sich herzogen.

«Ich seh keine Priesterklamotten», sagte Horst.

«Drinnen wahrscheinlich.»

Jürgen hatte behauptet, die feinste Priesterkleidung bekäme man bei *Kriesel*. Da kauften alle Domherren. Und selbstverständlich auch er. Ausschließlich.

Im Laden Regale mit Anzügen, Mänteln, Hemden, Pullovern. Keine Priesterkleidung. An den Wänden über den Regalen Dutzende Fotos von Schauspielern und Karnevalisten mit handschriftlich aufgekrakelten Widmungen. Kein einziges Foto von einem Domherren.

«Hier sind wir hundertprozent falsch», behauptete Horst.

«Kann ich Ihnen helfen?» Die Verkäuferin, eine rundliche Mittfünfzigerin, war hinter einem Stapel Oberhemden aufgetaucht.

«Haben Sie Priesterkleidung?» fragte Schmahl.

«Selbstverständlich.» Die Verkäuferin musterte zuerst Horst, dann blieb ihr Blick an Schmahl hängen, der seine Verletzungen so gut es ging gewaschen und verbunden hatte. Trotzdem sah er immer noch reichlich mitgenommen aus. Horst hatte er erzählt, es hätte einen kleinen Streit beim Zocken gegeben. Die Miene der Verkäuferin verriet nicht, was in ihr vorging.

«Soll es ein Geschenk sein?»

«Ja. Kann man sagen.»

«Zwei», sagte Horst.

«Zwei was?»

«Tja.» Horst wußte nicht weiter.

«Dann kommen Sie mal mit zu unserem Schneider.» Die Verkäuferin steuerte die Treppe zum Untergeschoß an.

«Schneider?» Schmahl blieb stehen.

«Ja sicher.» Die Verkäuferin blieb stehen und drehte sich zu ihnen um.

«In der Regel lassen die Herren ihre Kleidung bei uns nach Maß fertigen.»

«Maßanfertigen?»

«Hier sind doch schwarze Klamotten, eh!» Horst hatte eine Stange voller schwarzer Roben entdeckt und eine herausgezogen.

«Das sind Richterroben!» Ein leicht strenger Zug entfaltete sich um die Mundwinkel der Verkäuferin.

«Ist doch gar nicht so schlecht, eh, so 'ne Robe. Samt, Mann! Sieht original so aus wie 'ne Pfaffenkutte!»

Zur Strenge mischte sich für den Bruchteil einer Sekunde ein Anflug von Belustigung in die Miene der Frau. Sie nahm Horst die Robe aus der Hand.

«Sie suchen, glaube ich, so etwas wie ein Kostüm, ja? Und im übrigen sagt man nicht Kutte. Die Herren tragen Talare oder Soutanen.»

«Also dann hätten wir gerne zwei Talare oder Soutanen», sagte Horst.

«Ja, wie gesagt.» Die Verkäuferin blinzelte Horst jetzt mit wachsender Besorgnis an. «Das sind besondere Anfertigungen. Die 32-knöpfige Soutane wird heute kaum noch getragen. Die meisten Herren bevorzugen dunkle Anzüge, darunter einen Priesterpullover, seltener ein Priesterhemd mit aufgenähtem Collar.»

«Koller-was?»

Die Verkäuferin ignorierte Horsts Zwischenfrage.

«Ach», sagte sie, «da fällt mir ein, da ist ein Teil hängengeblieben, eine sehr exklusive Kammgarn-Soutane, die Bestellung eines Probstes, der leider inzwischen verstorben ist.»

Sie wedelte mit beiden Händen die Richterroben durch, dann eine Reihe schwarzer Mäntel, kam zu Kamelhaarmänteln, kehrte zu den schwarzen Mänteln zurück und brachte schließlich eine Soutane zum Vorschein.

«Jetzt weiß ich nur nicht, ob sie der betreffenden Person paßt. Das ist ungefähr Größe 46. Ziemlich klein.»

«Super!» sagte Horst und griff nach der Soutane. «Probier ich gleich mal an.»

Zögernd gab die Frau die Soutane aus der Hand.

«Aber ich dachte, es wäre ein Geschenk ...»

«Und ich nehm dann so einen schwarzen Anzug und ein Priesterhemd mit dem aufgenähtem Dingsda.»

«Collar.»

«Genau.»

45.

14:57:38. Aha. Der Werttransporter. Hält nicht auf der Marzellenstraße, fährt in die Tiefgarage. Zöller konnte von seinem Standort den Pförtner, der das Rollgitter der Garage bediente, nicht sehen. Aber das Gitter fuhr hoch, der Transporter rollte in die Garageneinfahrt. Das Gitter fuhr wieder runter. Schön. Fast genau drei. 14:58:20. Fast nach Plan. Anderthalb Minuten zu früh. Egal. In fünf Minuten müßten die zwei Blödmänner aufkreuzen.

Sie hatten verabredet, daß Horst und Schmahl zu Fuß kamen. Würde komisch aussehen, wenn zwei Pfaffen vor dem Generalvikariat aus einem Mülleimer aussteigen. Zöller hatte für den Job von einem seiner Kunden, einem Vogelsanger Schrotthändler, der ab und zu Deals mit geklauten Limousinen durchzieht, einen alten *Diplomat* zurechtmachen lassen, an dem von der Fahrgestellnummer bis zum Kennzeichen alles getürkt war. Den konnten sie einfach irgendwo stehen lassen. Der war noch nicht mal als geklaut registriert. Sie würden ihn nur brauchen, wenn sie schnell wegmußten.

Eigentlich wollten Schmahl und Horst auch zu Fuß wieder abhauen. Irgendwo am Roncalliplatz, in der Hohen Straße abtauchen. Aber Zöller hatte auf dem Wagen bestanden. Mit allen möglichen Argumenten. Tatsächlich ging es ihm darum, im Wagen die zwei Idioten unter Kontrolle zu haben. Wenn alles nach Plan lief. Und wenn nicht, auch egal.

Da kamen sie. 15:04:43. Meine Güte! Wie die Arschlöcher aussehen. Dem Kleinen platzen die Knöpfe von seinem komischen Pfaffenkittel. Viel zu kurz, das Ding. Und dann trägt der weiße Tennissocken! Eijeijei. Das ist 'ne Lachnummer. Die könnten im Zirkus auftreten. Schmahl im schwarzen Anzug, der zwei Nummern zu groß ist. Schlottert alles um ihn rum, der Priesterkragen hängt ihm um den Hals wie'n Schlabberlatz. Die lachen sich da drin tot über die zwei Clowns. 15:06:02. Sind jetzt schon eine Minuten drin. Alle Achtung. Der Pförtner muß blind sein. Zöller schaltete den Polizeifunk an.

46.

Schwein gehabt! Der Pförtner, der von seiner Glaskabine sowohl den Haupteingang wie auch auf der rückwärtigen Seite die Garagenauffahrt zu bedienen hatte, war hinten beschäftigt. Ließ wahrscheinlich das Rollgitter hoch, um den Geldtransporter wieder rauszulassen. Kümmerte sich nicht um Schmahl und Horst. Er hatte sie wahrscheinlich noch nicht einmal gesehen.

«Rechts die Treppe hoch», flüsterte Schmahl.

«Biste sicher, Mann?»

«Ja.»

«Woher weißte das?»

«Recherchiert.»

«Recherchiert!»

Auf der Treppe kam ihnen eine Sekretärin entgegen. Sie blätterte in einem dünnen Ordner, blickte kurz auf, nickte den beiden zu, blätterte weiter. Sonst war keiner zu sehen. Auch auf dem ersten Stock waren die Flure leer. Alle Türen geschlossen. Vom Treppenabsatz gingen rechtwinklig drei Flure ab. Sie waren durch Glastüren vom Treppenhaus abgeteilt. Durch eine Fensterfront, von der aus man einen Blick auf den Innenhof des Generalvikariats werfen konnte, fiel reichlich Licht. Die Flure waren hallig, weiß getünchte Glattputzwände, die Decken von Rundbögen durchbrochen. Das Ganze war eine Mischung aus Klosterkreuzgang und dem Inneren des Gesundheitsamtes.

«Jetzt links den Gang runter, durch die Glastür», sagte Schmahl.

«Weltkirche und Weltmission», las Horst von einem Schild ab.

«Genau», sagte Schmahl. «Das ist die Abteilung.»

«Haben die keine Sicherheitsbullen oder so was?»

«Stellst du dir früh, die Frage. Nein. Haben sie nicht.»

Hinter der Glastür gingen sie den Gang hinunter. Immer noch niemand zu sehen. Schmahl zählte die Türen auf der linken Seite ab. «Zweite, dritte, vierte. Hier: ‹Registratur. MS Finke›. Das ist es.»

«Rein?» fragte Horst.

Schmahl nickte. Er hatte die Pistole unter seinem schwarzen Jackett im Griff und klinkte die Tür auf.

«Moment!» Horst fummelte an den Knöpfen seiner Soutane. Schmahl war schon drinnen. Horst ging, immer noch an den Knöpfen operierend, hinterher.

Wie der Monsignore es beschrieben hatte: eine grauwangige ältliche Frau in dunkelblauem Kostüm und mit zu einem Dutt hochgeflochtenen grauen Haaren stand vor einem mächtigen Tisch und war beim Geldzählen. Auf der anderen Seite des Tisches ein aufgeschwemmter Typ, vielleicht Ende zwanzig, schwarzer Rollkragenpullover, Nickelbrille. Er machte Eintragungen in ein Spaltenbuch.

«An die Wand!» sagte Schmahl, die Browning vor sich ausgestreckt und auf den schwammigen Typen mit der Nickelbrille gerichtet.

«Moment!»

Horst hatte erst drei oder vier Knöpfe seiner Soutane auf. Er versuchte gerade, seine Rechte in den aufgeknöpften Schlitz zu schieben. Der Spalt war immer noch zu eng. Er kam nicht an die unter der Soutane verborgene Waffe. Noch ein Knopf.

«Beide an eine Wand!» sagte Schmahl, ging um den Tisch herum, packte den schlabbrigen Typen, der sich mit beiden Händen an den Bügeln seiner Nickelbrille festhielt, und stieß ihn mit der Browning auf die Seite, auf der die Frau bereits mit erhobenen Händen vor einem Stahlschrank stand. Horst hatte zwei weitere Knöpfe auf, fummelte seine Mauser aus der Soutane und richtete sie jetzt auch auf die beiden.

«Sie können die Hände wieder runternehmen. Aber nicht bewegen. Bitte!»

Schmahl warf einen Blick auf das Geld. Wieder schien der Monsignore Recht zu behalten. Sieht zwar nach viel aus. Jede

Menge Bündel. Aber alles nur kleine Scheine. Zehner. Zwanziger. Bestenfalls fünfzigtausend. Vielleicht gibt das Silbergeld, das in Rollen neben den Scheinen liegt, nochmal zehn. Egal. Sollen die Blödmänner ihren Spaß dran haben.

«Pack du jetzt die Kohle ein», sagte Schmahl. «Ich stell mich solange vor die Tür und checke den Flur.»

«Gute Idee», sagte Horst.

47.

15:06:26. Vier Minuten drin. Müßten jetzt beim Geldeinpacken sein. Im Polizeifunk kaum Bewegung. Zwei Verkehrsunfälle. Zöller zündete sich eine HB an. Scheint alles normal zu laufen. Da drinnen sind wahrscheinlich auch nur Blödmänner. Der Pförtner ist jetzt zu sehen. Sitzt in der Loge des Haupteingangs. Schreibt irgendwas. Jedenfalls telefoniert er nicht. Gut.

15:11:34. Fünf Minuten drin. Vier haben sie noch. Immer noch alles ruhig. Keiner rausgekommen. Keiner reingegangen. Doch. Da. Was parkt der denn auf einem Behindertenparkplatz? Hat überhaupt keine Plakette! Pfaffen! Ein Pfaffe fährt einen 450er SEL? Beifahrer auch ein Pfaffe. Mächtige Brocken, die beiden. Visagen wie polnische Bergarbeiter. Komische Vögel. Und gehen rein! Merkwürdiger Haufen, diese Pfaffen. Zöller warf die Kippe aus dem Wagenfenster, steckte sich eine neue HB an.

48.

Rechter Flur. Zimmer 134. Müßte da vorne sein. Auf der rechten Flurseite öffnete sich eine Tür. Ein alter, weißhaariger Mann im schwarzen Anzug kam Schmahl entgegen, blinzelte ihn im Vorübergehen an. Er blieb kurz stehen. Betrachtete Schmahl genauer, lächelte so, als kenne er den merkwürdigen Priester mit dem zerschundenen Gesicht. Schmahl verzögerte seinen Schritt. Irritiert schüttelte der Greis den Kopf, nickte und ging weiter. Ganz schön bekloppter Haufen hier. Soll mir recht sein.

Zimmer 134. Schmahl öffnete die Tür, ohne zu klopfen, schloß sie gleich hinter sich. Oxenius stand am einzigen Fenster seines kahlen Büros, dessen ganzer Schmuck ein schwarzes Kreuz an der dem Schreibtisch gegenüberliegenden Wand war. Der Prälat drehte sich um.

«Ich muß Ihr Klopfen überhört haben.»

«Oh. Das tut mir leid. Meine Hand ist etwas mitgenommen. Ein Verkehrsunfall.»

Schmahl blieb an der Tür. Er wartete, bis Oxenius sich vom Fenster aus auf seinen Schreibtisch zu bewegte.

«Waren Sie angemeldet?»

«Nein», sagte Schmahl, war am Fenster und ließ die Jalousie herunter.

«Was tun Sie da?» Oxenius, der sich in seinen Schreibtischsessel setzen wollte, hielt inne, in halber Hocke zwischen Schreibtisch und Sessel. Ein, zwei Schritte, und Schmahl drückte ihm die Browning in die linke Augenhöhle.

«Und jetzt ganz ruhig, Herr Prälat. Wo sind die Schecks?»

«Bruder! Ich bitte Sie! Kommen Sie zur Besinnung!»

Schmahl nahm die Browning ein Stück zurück und verpaßte dem Prälaten mit dem Lauf einen Schlag über die Stirn. Dann drückte er die Mündung wieder gegen dessen Auge.

«Dalli!»

Oxenius' Nase hatte während der nur Sekunden dauernden Behandlung die erstaunlichsten Farbschattierungen durchgemacht. Jetzt befand sie sich im Verhältnis zu den umliegenden, hochdruckgeröteten Gesichtspartien im Zustand relativer Blässe.

«Ich werde nicht schreien. Bestimmt nicht!»

Oxenius saß mittlerweile tief in seinem Sessel. Atmete stoßweise, hektisch, mit weit aufgerissenen Nasenlöchern. Seine schwarz behaarten Händen tanzten unkontrolliert auf den gepolsterten Armlehnen. Scheiße. Solche Typen kriegen bei so was schnell 'nen Herzinfarkt. Schmahl sprach ganz ruhig.

«Bevor Sie schreien können, Oxenius, hab ich Ihnen den Schädel weggeblasen. Wo sind die Schecks?»

«Schecks. Schecks. Sie reden ständig von Schecks. Was wollen Sie mit Schecks, um Herrgottsundderdreifaltigkeitswillen?»

«Sie füllen jetzt einen aus und unterschreiben.»

«Wie kommen Sie darauf, daß ich das kann?» Der Prälat hatte sich wieder einigermaßen unter Kontrolle, zumindest seine Stimme. Die Hände flatterten immer noch.

«Sie sind der einzige in dem ganzen Laden hier, der allein unterschriftsberechtigt ist. Ein Anruf von Ihnen bei der Bank genügt. Und jetzt los!» Schmahl zog mit der Linken den Schlitten der Browning zurück, ließ ihn nach vorne schnappen, was ein scharfes, kaltes Geräusch verursachte. Dann trat er einen Schritt zurück, die Waffe in beiden Händen, auf die Stirn des Prälaten gerichtet. Oxenius zog eine Schublade auf.

49.

«Endlich, eh Mann! Ich warte schon fünf Minuten!»

Horst hatte sich nicht umgedreht, als die Tür aufging. Er stand vor der Frau und dem jungen Pfaffen, die ihn die ganze Zeit angstbleich angestarrt hatten. In der Linken hielt er die lila Sporttasche mit dem Geld, in der herunterhängenden Rechten die Mauser. Jetzt sah Horst, wie sich die Augen des schwammigen Pfaffen vor Schreck weiteten. Horst drehte sich um. Blickte in die Mündungen zweier großkalibriger Waffen, die zwei Priester auf ihn richteten. Mächtige Priester. Quadratköpfe. Grobschlächtige, gemeine Gesichter. Fuck! Die sind nicht echt, eh! Hier stinkt was. Wo ist Schmahl? Hat der Arsch dich verpfiffen oder was? Wollte doch den Flur checken. Irgend 'ne Schweinerei. Wußtest du eigentlich von Anfang an, daß der 'ne taube Nuß ist. Fuck Mann eh! Horst hob die Rechte. Fuck Mann! Die Mauser ist ja im Arsch! Wolltest dich die ganze Zeit drum kümmern.

Irgendwie ließ sich die einmal angefangene Bewegung nicht mehr unterbrechen. Horsts Hand mit der Mauser kam gerade bis auf die Höhe seines Bauchnabels. Noch bevor er den Mündungsblitz sah, traf ihn ein mächtiger dumpfer Schlag in der rechten Brust, riß ihn herum, brachte ihn zum Taumeln, Fallen. Fuck Mann. Die sind wirklich nicht echt.

50.

Der schwierigste Teil kommt noch. Bis jetzt sind die hundertfünfundvierzigtausend bloß ein Stück Papier. Jetzt den verdammten Ausgang finden. Jürgen hatte erzählt, daß es einen kleinen Nebenausgang aus dem Generalvikariat gab. Über den Innenhof. In der rechten Ecke des Hofs eine niedrige Eichentür. Ja, da. Schmahl blickte sich nicht um. Ging zielstrebig, aber ohne Eile auf die Tür zu. Drückte die schwere bronzene Klinke herunter. Zu! Und die bleibt auch zu. Kriegste nie geknackt, so'n Schloß. Schmahl kehrte um. Rechts eine weitere Tür, eine Glastür. Die Tür ließ sich öffnen. Schmahl stand in einem engen Flur, der sich nach links und rechts verzweigte. Rechts war die Richtung zum Haupteingang. Schmahl ging den linken Flur hinunter. Wieder eine Tür. Dahinter eine steil abwärts führende Treppe, die in einen niedrigen Gewölbegang mündete. Scheiß nochmal. Hält dich alles 'ne Ewigkeit auf. Wenn der Prälat lange genug am Lassoband rumzerrt, kriegt er sich irgendwann mal frei. Schmahl begann zu laufen. An beiden Seiten des Gewölbes Nischen, in denen verstaubte steinerne Heiligenfiguren standen, mit den Fingern irgendwohin zeigend, meistens nach oben. Aber nach oben wollte Schmahl nicht. Eine Gabelung des Gewölbeganges, der hier fast völlig im Dunkeln lag. Lichtschalter waren keine zu sehen. Rechts oder links? Jedenfalls weg von der Richtung Haupteingang.

«In fünf Minuten ist unser Kurier bei Ihnen», hatte Oxenius dem Bank-Typen gesagt. Die fünf Minuten sind jetzt um. Und Horst? Wenn der versucht, alleine abzuhauen, gibt's Ärger. Womöglich sind die Bullen schon auf dem Weg. Wieder eine Tür. Die nach draußen? Zu. Natürlich. Schmahl horchte an der Tür. Kein Verkehrslärm. Kann eigentlich auch nicht. Die Tür müßte, wenn es die richtige ist und wenn der Monsignore recht hat, gleich neben St. Maria Himmelfahrt, gegenüber der Bahnhofspost, auf den

Bahnhofsvorplatz führen. Schmahl horchte noch einmal. Die Tür war ziemlich dick. Man hörte kaum etwas. Und wenn sie nicht nach draußen führt?

Schmahl untersuchte das Schloß. Einfache Riegelkonstruktion aus Gußeisen. Er legte die Mündung der Browning auf den Riegel, zog die Waffe dann ein paar Zentimeter zurück und drehte das Gesicht ab, um keine Splitter mitzukriegen. Und wenn's bloß das Pfaffenscheißhaus ist? Oder das Sitzungszimmer des Oberprälaten?

Die Explosion verursachte einen gewaltigen, sich nach rückwärts ins Gewölbe endlos fortsetzenden Hall. Schmahl war draußen. Präzise. Bahnhofsvorplatz. Offenbar hat ihn niemand gehört. Knarre einstecken. Schritt mäßigen. Du bist 'n Pfaffe. Ganz bescheiden. Aber schnell. Auf der Ecke zur Marzellenstraße warf Schmahl einen Blick nach rechts Richtung Generalvikariat. Siebzehn nach drei. Alles normal. Zöller sitzt immer noch in seinem *Diplomat* gleich hinterm Postgiroamt und wartet. Und Horst wartet auch immer noch auf dich. Sollen sie. Bis sie schwarz werden.

51.

Am frühen Nachmittag bist du schon halb besoffen. Gott! Was macht das schon? Eine durchaus kleine, läßliche Sünde. Umso verzeihlicher in Anbetracht der zermürbenden Situation. Bald zwanzig nach drei. Wenn dieser Mensch tatsächlich heute seinen Überfall macht, dann geschieht es jetzt, in diesem Augenblick. Gütiger Gott! Und du bist der Zuträger dieses Verbrechers! Sein Gehilfe! Komplize. Mittäter. Nein, nein, nein.

«Ein Kölsch noch, Hansi, bitte. Und das Telefon!»

Hansis Frau war vor einer Woche mit einem Kneipier vom Friesenwall durchgebrannt. Hatte dem Loddel zum Einstand gleich einen funkelnagelneuen *Orion* gekauft. Von ihrem Erspartem. Ihrem Ersparten! Waren das nicht etwa auch seine Kröten? Hansi war, seitdem der neue Wagen die Ecke herum parkte, stinksauer. Über die Alte war er schon lange weg. Aber der *Orion*! Von seinem Geld! Hansi knallte vor Jürgen Kölsch und Telefon auf die Theke.

«Haste wieder die Telefonitis? Mach mir das Ding nicht kaputt!»

«Nein, nein. Ich rufe nur die Polizei an.»

«Die Polizei! Klar, bitte. Warum nicht die Polizei? Die sollen gleich den metallic *Orion* um die Ecke abschleppen. Der steht seit gestern im Halteverbot.»

Sorgen haben die Menschen! Gefangen im alltäglichen Kleinkrieg ums Überleben. Verstrickt in Gehässigkeiten, Rachegelüsten, Neid. Du mußt dich reinigen! Befreien von diesem Schmutz, in dem du, ja, auch du steckst! Bekenne! Nimm deine Strafe entgegen. Erdulde sie und sage ab von allen Eitelkeiten. Von deinem Verrat. Verrat an der Heiligen Kirche! Für ein Linsengericht, das dich in die Arme jener verbrecherischen Sekte trieb, die dich auch nur benutzte, um diesen Überfall vorzubereiten. Gott! Und wenn die heute Nachmittag ... Nein! Es muß ein Ende sein. Jetzt! Kehre um!

Jürgen tippte den Polizeinotruf ein. Hansi beobachtete ihn. Er saß mit einer Hinterbacke auf dem Tresenhocker und beugte sich zur Stereoanlage, um die Musik leiser zu stellen, wenn Jürgen die Schmier an die Strippe kriegte.

«Der metallic *Orion*! Steht vor Friesenwall 98!» sagte Hansi und drehte die Musik leiser.

«Ich möchte gestehen!» sagte Jürgen in den Telefonhörer. «Einen gemeinen Raubüberfall auf unsere Heilige Kirche will ich gestehen.»

52.

«Und wenn Sie bitte hier noch unterschreiben würden!» Der rosige Zeigefinger des Abteilungsleiters tippte auf die Rückseite des Schecks.

«Unterschreiben?»

«Ja. Sie verstehen, – bei einer solchen Summe ...»

Der Abteilungsleiter, ein dünnhäutiger, zierlicher Mann mit dichten weißen Haaren, ließ keine Sekunde den Blick von Schmahls Blessuren. Scheiße. Der will die Sache rauszögern. Hat fast zehn Minuten gebraucht, bis er mit der Kohle zurückkam. Und jetzt auch noch gegenzeichnen.

«Wo?» Schmahl zog den Scheck zu sich heran. Das Telefon quäkte. Sofort hatte der Abteilungsleiter den Hörer in der Hand. Als hätte er drauf gewartet. Meldet sich. Schweigt, hört zu. Oxenius! Oxenius hat sich befreit. Oder jemand hat ihn gefunden, die Tür aufgebrochen. Schmahls Oberschenkelmuskeln zuckten. Aber er blieb sitzen.

«Ja.» Der Abteilungsleiter sah, während er den Hörer dicht ans Ohr preßte, unverwandt Schmahl an.

«Ja. Selbstverständlich.»

Wenn's Oxenius ist, müßte jetzt Panik oder Erschrecken in seinem Gesicht erscheinen. Aber der glotzt nur. Oder ist total cool. Mach schon! Was ist los?

«Ja. Selbstverständlich.»

Glotzt immer weiter. Schmahl schätzte die Entfernung zwischen sich und der kleinen schwarzen Aktentasche ab, die er aus Oxenius' Büro mitgebracht hatte und in der jetzt das Geld war. Der Abteilungsleiter hatte sie auf den Computertisch seitlich neben dem Schreibtisch gestellt, vor dem Schmahl jetzt in seinem Besuchersessel hockte. Zwei Meter. Er müßte um den Schreibtisch herumhechten. Wenn der Typ schnell ist, kann er sich die Tasche packen, bevor du dran bist. Aber auch, wenn er's nicht schafft. Das gibt einen Riesenaufstand.

«Ja. Das werde ich sofort in die Wege leiten.»

Glotzt und glotzt. Schmahl drehte sich um. Vorausgesetzt, er hat die Tasche, ist der Weg vom Beratungsbereich, in dem er sitzt, vorbei an den Schaltern hin zum Ausgang viel zu weit. Zwar kaum jemand in der Bank, der ihn aufhalten könnte, aber genug Angestellte, die ihn laufen sehen würden und Zeit genug hätten, irgendeinen Knopf zu drücken und die Türen zu blockieren. Keine Chance.

«Ja, gut.» Der Abteilungsleiter legte auf. «Entschuldigung», sagte er zu Schmahl. Schmahl unterschrieb auf der Rückseite des Schecks. Unendlich langsam dreht sich der Typ in seinem Sessel. In Zeitlupentempo greift er nach der Aktentasche. Noch ein Trick? Eine letzte Verzögerung, bevor die Bullen die Bank stürmen? Die Tasche stand vor Schmahl. Er stand auf.

«Danke sehr.»

Schmahl nahm die Tasche vom Schreibtisch. In dem Augenblick Martinshörner. Nicht eins. Ein Dutzend. Alle vor der Bank. Schmahl setzte das gleichgültigste Gesicht auf, zu dem er fähig war, drehte sich um. Ging auf den Ausgang zu. Schob die Tür auf. Draußen war es mittlerweile fast dunkel geworden. Polizeiautos mit Blaulicht und Martinshörnern rasten an Schmahl vorbei die Straße hinunter. Richtung Marzellenstraße. Viertel vor vier. Anita müßte schon warten.

53.

Hättest du dir denken können, daß das Ärger gibt mit den zwei Arschlöchern. Zöller gab Gas. Er überfuhr die nächste rote Ampel, bog rechts ab zur Hauptpost. Gut, daß du den Polizeifunk anhattest. Darfst du dir überhaupt nicht vorstellen: Kommen die zwei Vollidioten raus, Knarren in der Hand, springen in den Wagen, und du hast die fuffzehn Streifenwagen am Hals. Meine Güte.

Wieder links, Richtung Nordsüdfahrt. Die Martinshörner sind jetzt nicht mehr zu hören. Jedenfalls bist du raus aus dem Schneider. Vorläufig. Wenn die geschnappt werden, ziehen sie dich mit rein. Klar. Risiko. Weg mußt du auf jeden Fall. So oder so. Nur noch 'ne Sache von paar Monaten, bis du am Waidmarkt auffliegst. Sind heiß auf dich wie Nachbars Lumpi. Egal.

Auf der Tunisstraße Stau. Schrittempo. Kommen alle aus ihren beschissenen Büros, die Arschlöcher. Der Wagen hinter Zöller blendete auf. Zöller zeigte, ohne sich umzudrehen, den Mittelfinger. Der andere blinkte wieder. Zöller drehte sich um. Der Hintermann schaltete das Abblendlicht aus, wieder an. Scheiß Rechthaber! Zöller schaltete das Abblendlicht ein. Zeigte trotzdem noch mal den Finger. Es war fast dunkel draußen.

Jedenfalls wär's besser, du hättest ein paar Mark mehr in der Tasche, wenn du die Fliege machst. Wär ja möglich, daß Schmahl es geschafft hat, rauszukommen. Mal sehen. Der Stau löste sich auf. Die Schlange schob sich jetzt langsam vorwärts.

Beim WDR-Vierscheibenhaus bog Zöller von der Tunisstraße in die Elstergasse ein, umrundete den Appellhofplatz, fuhr am El-De-Haus nach links. Aha. Da wartet sie. Treu bis ins Grab. Zöller fuhr an Anita vorbei und fand vor dem *Café Cremer* eine Parklücke, von der aus er die Ziegelsteinfront von St. Maria in der Kupfergasse im Augen behalten konnte. Er schaltete den Motor ab, zog eine HB aus der Schachtel, zündete sie an. Tatsächlich! Ist doch nicht möglich. Irgendwie hat der Typ ja doch was drauf. Und da! Ein schwarzes Aktenköfferchen. Bestens.

54.

Süß, wie sie lächelt.

«Ich steig gleich vorne in die U-Bahn», sagte Schmahl. Küßte Anita auf den Hals.

«Hat es geklappt?»

«Ja. Aber haarscharf wieder mal.»

«Und die Polizeiautos eben?»

«Keine Ahnung. Vielleicht ein Raubüberfall auf die Adveniat-Kollekte?» Schmahl grinste. Obwohl der Kiefer dabei weh tat.

«Ich geh das Stück mit», sagte Anita und hängte sich bei Schmahl ein.

«Wann geht dein Zug?»

«In einer Stunde.»

«Gut. Ich fahr morgen abend.»

Mit hundertfünfundvierzigtausend kann man ganz schön weit kommen. Auch zu zweit. Erst hatte Schmahl vorgehabt, dem Prälaten hundertfünfzig abzuzocken. Im letzten Augenblick war es ihm klüger erschienen, ihn keine runde Summe auf den Scheck schreiben zu lassen. Hundertfünfundsiebzig wäre natürlich noch besser gewesen. Wenn er gewußt hätte, daß das so gut läuft. Ist jetzt auch egal. Auf alle Fälle muß sie sofort mit dem Geld weg. Wegen der Bullen, die sich jetzt mit Sicherheit um dich kümmern werden. Und wegen Zöller. Da hat Anita vollkommen recht. Kennt den Drecksack gut genug. Wenn der erfährt, was wirklich passiert ist, hast du keine ruhige Sekunde mehr.

Wien, hatte Anita vorgeschlagen. Wien sei ihre absolute Lieblingsstadt seit ihrer Abiturfahrt. Und eine wunderschöne Pension kenne sie da. Pension *Schopenhauer*. Und gleich nebenan das wunderbarste Wiener Kaffeehaus, was es noch gebe, das *Café Schopenhauer*. Ob es da so sei wie im *Bauturm*, hatte Schmahl wissen wollen. Nein. Ganz und gar anders, er werde es sehen.

Viel, viel gemütlicher. Alte Männer, die Schach spielen, Zeitung lesen. Es würde wunderbar werden. Und im übrigen sei Österreich nicht schlecht, da könnten sie leichter was Neues aufbauen als in Spanien oder wer weiß wo. Schon möglich, hatte Schmahl gemeint. Aber vorher müsse er noch mal zu Fritzi. Er hatte bei Barbara für fünf Scheine rausgeschlagen, mit ihr einen ganzen Tag verbringen zu können. Den Dienstag. Im Phantasialand.

Sie waren am U-Bahn-Eingang Appellhofplatz angekommen. Anita legte beide Arme um Schmahls Hals, sie küßten sich.

«Gut», sagte Schmahl. «Übermorgen früh bin ich da. Wie heißt noch mal die Pension?»

«Pension *Schopenhauer*», sagte Anita.

55.

«Pension *Schopenhauer*?» Die Winkel an Monikas Mund bogen sich zu einem mitleidigen Grinsen nach unten. «Und da hast du vier Tage lang gewartet?»

«Ja», sagte Schmahl.

Monika schüttelte den Kopf. Das Grinsen wich einer harten Falte um die Mundwinkel.

«Ich hätt's eigentlich auch wissen müssen», sagte sie. «Zumindest ahnen. Daß der ein Schwein war, klar. Aber Anita?»

«Sie hat sich auf die Seite von dem geschlagen, der stärker ist. Fertig.»

«Stärker? Der ist doch nicht stark. Höchstens schlau. Abgebrüht.»

«Eben.»

Monika sagte eine Weile nichts mehr. Sie saß auf einem Hocker hinter der Theke ihres wie immer um diese Zeit leeren *Fitness-Treff*, betrachtete ihre Fingernägel, in deren grünen Lack sie ein paar goldene Glitzersternchen gemischt hatte.

Schmahl schwenkte sein Kölschglas, beobachtete den Rest Bier darin, der bei allem Schwenken keinen Schaum mehr bilden wollte.

«Horst ist übrigens aus der Intensivstation raus», sagte Monika schließlich, ohne von ihren Nägeln aufzublicken. «Der ist über'n Berg. Bis zur U-Haft. Und du solltest dich auch nicht allzulang hier rumtreiben. In Köln findest du Zöller so bald sowieso nicht.»

«Tut's die Espresso-Maschine wieder?» fragte Schmahl.

Monika blickte kurz zu ihm auf, rieb Daumen und Zeigefinger der Rechten gegeneinander.

«Nein. Keine Zeit.»

«Dann nehm ich noch 'n Kölsch», sagte Schmahl. «Machst du mir 'nen Deckel?»

«Für dich immer, Schätzchen.»

Peter Meisenberg

Geh mal zur Seite, Kleiner
Geschichten aus dem Halbschatten

In seinem zweiten Buch *Geh mal zur Seite, Kleiner* setzt Peter Meisenberg seine Kunst der Beschreibung fort. Das Leben einer alternden Dirne wird zunächst vorgestellt. Der stets Verschwörungen vermutende Container-Otto, ein Stammgast einer Kölner Kneipe, wird irrtümlich von Polizisten auf der Straße niedergeschlagen und stirbt betrauert von seinen Freunden. Spannend und berührend ist die Geschichte des Europa- und Weltmeisters Adolf Heuser. Büb, ein dreihundert Kilo schwerer Bursche, erlebt sexuelles Vergnügen in Bangkok und kommt mit einer Siamesin zurück nach Köln, wo ein Zuhälter sie ihm sofort ausspannt. Der Lohntütenball ist ein weiteres Thema, bei dem geradezu liebevoll die Karriere eines Mannes beschrieben wird, der als Bruder von Möbelpackern Einbrecher, Schmuggler, Rauf- und Trunkenbold war und dann schließlich durch eine nette Frau *solide* wurde. Auch in den übrigen noch folgenden Erzählungen werden uns meisterlich Einblicke in das Alltagsleben von Kölner Menschen gewährt, die irgendwie am Rande des *gewöhnlichen Lebens* sich eine Existenz eingerichtet haben.

Roland Girtler, Wien

Erschienen im Emons Verlag Köln, Broschur, 30 Photos, 168 Seiten
ISBN 3-924491-17-8, 19,80 DM